周瘦鹃自编精品集

花前续记

周瘦鹃 著

广陵书社

图书在版编目（ＣＩＰ）数据

花前续记 / 周瘦鹃著. -- 扬州：广陵书社，
2019.1（2022.3 重印）
（周瘦鹃自编精品集 / 陈武主编）
ISBN 978-7-5554-1139-0

Ⅰ. ①花… Ⅱ. ①周… Ⅲ. ①散文集－中国－当代
Ⅳ. ①I267

中国版本图书馆CIP数据核字(2018)第288486号

书　　名	花前续记			
著　　者	周瘦鹃	丛书主编	陈　武	
责任编辑	王　丹	特约编辑	罗路晗	
出 版 人	曾学文	装帧设计	鸿儒文轩•书心瞬意	

出版发行 广陵书社
　　　　　扬州市四望亭路 2-4 号　　　　　邮编：225001
　　　　　（0514）85228081（总编办）　85228088（发行部）
　　　　　http://www.yzglpub.com　　E-mail:yzglss@163.com

印　　刷 三河市华东印刷有限公司

开　　本	787mm×1092mm　　1/32
字　　数	88 千字
印　　张	6
版　　次	2019 年 1 月第 1 版
印　　次	2022 年 3 月第 2 次印刷
书　　号	ISBN 978-7-5554-1139-0
定　　价	38.00 元

目录

杏花春雨江南

　　每逢杏花开放时，江南一带，往往春雨绵绵，老是不肯放晴。记不得从前是哪一位词人，曾有"杏花春雨江南"之句，这三个名词拆开来十分平凡，而连在一起，顿觉隽妙可喜，不再厌恶春雨之杀风景了。又宋代诗人陈简斋句云："客子光阴诗卷里，杏花消息雨声中。"足证雨与杏花，竟结了不解之缘，彼此是分不开的。我的园子里有一株大杏树，高二丈外，结实很大，作火黄色；

另一株高一丈余，结实较小，色也较淡，而味儿都很甘美。所可惜的，每逢含苞未放时，就遭到了绵绵春雨，落英缤纷，我自恨护花无术，徒唤奈何而已！

去年初夏，我于西隅凤来仪室上起了一座小楼，名花延年阁，凭窗东望，可见那大杏树烂漫着花。今春多雨，我常在楼头听雨，因此记起我们的爱国诗人陆放翁，曾有"小楼一夜听春雨，深巷明朝卖杏花"之句，自有佳致。可是苏州卖花人，只有卖玫瑰花、白兰花、茉莉花的，卖杏花的却绝对没有。

唐明皇游别殿，见柳杏含苞欲吐，叹息道："对此景物，不可不与判断。"因命高力士取了羯鼓来，临轩敲击，并奏一曲，名《春光好》，回头一看，柳杏都放了。他得意地说道："只此一事，我能不能唤作天公啊？"开元中叶，扬州太平园中，有杏树数十株，每逢盛开时，太守大张筵席，召娼妓数十人，站在每一株杏树旁，立一馆，名曰争春，宴罢夜阑，有人听得杏花有叹息之声。又宋祁咏杏，有"红杏枝头春意闹"之句，一"闹"字下得好，传诵一时，人们便称之为红杏尚书。

咏杏的诗颇多佳作，如王禹偁云："长愁风雨暗离披，醉绕吟看得几时。只有流莺偏趁意，夜来偷宿最繁枝。"元好问云："杏花墙外一枝横，半面宫妆出晓晴。看尽春风不回首，宝儿元是太憨生。"黄蛟起云："烟波影里画船轻，尺五斜辉拥树明。马上销魂禁不得，杏花山店一声莺。"此外如"借问酒家何处有，牧童遥指杏花村""金勒马嘶芳草地，玉楼人醉杏花天""春色满园关不住，一枝红杏出墙来"等，都是有关杏花的名句，传诵至今，杏花真是花国中的幸运儿了。

清初李笠翁的《闲情偶寄》中说杏云："种杏不实者，以处子常系之裙系树上，便结子累累。予初不信，而试之果然。是树性喜淫者，莫过于杏，予尝名为风流树。噫！树木何取于人，人何亲于树木，而契爱若此，动乎情也，情能动物，况于人乎？其必宜于处子之裙者，以情贵乎专？已字人者，情有所分而不聚也。予谓此法既验于杏，亦可推而广之，凡树木之不实者，皆当系以美女之裳，即男子之不能诞育者，亦当衣以佳人之裤。盖世间慕女色而爱处子，可以情感而使之动者，岂止一杏而已哉。"这一番怪论，可说是荒谬绝伦，是唯心论的代表作。笠翁自作聪明，才会有这种不科学的论调，真的要笑倒米丘林了。

杭州西湖的西泠桥附近，旧有一家酒食店，名"杏花村"，门前挑出一个蓝色的小布幡，临风飘拂，很有画意，可惜早已歇业了。

一瓣心香拜鲁迅

一九五五年十月十九日，是我们伟大的文学家、思想家和革命家鲁迅先生逝世十九周年纪念日，我不能抽身到上海去扫一扫他的墓，只得在自己园子里采了几朵猩红的大丽花，供在他老人家的造像之前，表示我一些追念他景仰他的微忱。作为一个文学工作者的我，不但在公的一方面要追念他景仰他，就是在私的一方面也要追念他景仰他，因为我对他老人家是有文字知己之感的。

一九五〇年上海《亦报》刊有鹤生的《鲁迅与周瘦鹃》一文，随后又有余苍的《鲁迅对周瘦鹃译作的表扬》一文，就足以说明我与鲁迅先生的一段因缘。鹤生文中说："关于鲁迅与周瘦鹃的事情，以前曾经有人在报上说过，因为周君所译的《欧美名家短篇小说丛刻》三册，由出版书店送往教育部审定登记，批复甚为赞许，其时鲁迅在社会教育司任科长，这事就是他所办的。批语当初见过，已记不清了，大意对于周君采译英美以外的大陆作家的小说一点，最为称赏，只是可惜不多。那时大概是一九一七年夏，《域外小说集》早已失败，不意在此书中看出类似的倾向，当不胜有空谷足音之感吧。鲁迅原希望他继续译下去，给新文学增加些力量，不知怎的，后来周君不再见有译作出来了。（下略）"余苍文中说："（上略）我们首先应确定周先生在介绍西洋文学上的地位，恐怕除了《域外小说集》外，把西洋短篇小说介绍到中国来印成一本书的，要以周先生的《欧美名家短篇小说丛刻》为最早。（中华书局出版）此书取材方面，南欧、北欧、十九世纪的名家差不多全了；而且一部分是用语体译的，每一作品前面，还附有作者小传、小影，在那个时候，是还没有甚么人来做这种工作的。此书出版年月，大约为一九一八（民国七年）左右，曾获得北京政府教育部的奖状，此事与鲁迅先生有关。原来鲁迅那时正在教育部的社会教育司当佥事科长，主管这一部门工作，曾将中华送审的原稿，带回绍兴会馆去亲阅一遍。他老先生本来就有意要提倡翻译风气，故在原书批语上，特别加上些表扬的话。中华书局如能找出当日原批，还可以肯定这是出于鲁迅先生的手笔呢。抗战前夕，上海文化工作者为针对当时国情，积极呼号御侮，曾一度展开联合战线，报纸上发表郭沫若、鲁迅、周瘦鹃等数十人的联合宣言，鲁迅对周先生的看法一直是很好的。"

不过鹤生说我后来不再有译作出来，实在不确，我除了创作外，还是努力地从事翻译，散见于各日报各杂志上，鲁迅先生他们没有留意。一九三六年大东书局出版的《世界名家短篇小说全集》四册，就是一个铁证。内中包含二十八国名家的作品八十篇，单是苏联的就有十篇，其他如波兰、捷克、匈牙利、罗马尼亚、保加利亚等，一应俱全，鲁迅先生在天之灵，也许会点头一笑，说一声孺子可教吧？

至于余苍所说的出版年月，一九一八年左右，实在已再版了，初版发行是在一九一七年二月，那时我是二十二岁，为了筹措一笔结婚费而编译这部书的。包天笑先生序言中所谓"鹃为少年，鹃又为待阙鸳鸯，而鹃所辛苦一年之集成，而鹃所好合百年之侣至"，即指此而言，他老人家原是知道这回事的。

此书出版后，由中华书局送往北京教育部审定，事前我并没知道，后来将奖状转交给我，也已在我脱离中华书局二年之后。那时鲁迅先生正任职教育部，并亲自审阅加批，也是直到解放以后才知道的。去春北京鲁迅著作编辑室的王士菁同志曾来苏见访，问起鲁迅先生的批语是不是在我处？想借去一用。其实我从未见过，大约当初留存在中华书局，只因事隔三十余年，人事很多变迁，怕已找寻不到了。抗日战争初起时，鲁迅先生等发起文化工作者联合战线，共御外侮，曾派人来要我签名参加，听说人选极严，而居然垂青于我。鲁迅先生对我的看法的确很好，怎的不使我深深地感激呢？

鲁迅先生的大作《呐喊》《彷徨》，我曾看过三遍。

看了这两部书的名字，就可知道他处于黑暗的时代，以彷徨来表示愤激，以呐喊来警醒国人。我们未尝不彷徨，可是未敢作斗争；未尝不呐喊，可是声音太低弱，其贤不肖之相去也就远了。鲁迅先生如果知道今天的祖国，阴霾尽扫，八表光明，也该含笑于九泉咧。

长眠西湖的章太炎

朴学大师余杭章太炎先生的灵柩，已于一九五五年四月三日从苏州的墓地上起出来，运到杭城，安葬在西湖上了。从此黄土一抔，与西邻的张苍水墓同垂不朽。我既参加了苏州市方面的公祭，更与汪旭初、金兆梓、谢孝思、范烟桥诸君恭送灵柩赴杭，以表景仰之忱。寓苏耆宿致送挽联挽诗的很多，我所留意到的，如孙履安先生一联云："北斗文光冲虎跑，南屏山色映牛眠。"张俟庵先生一联云："若是其大乎！天下溺援之以道；可以为师矣，今日吊奚敢不哀。"张松身先生一诗云："一代宗师传朴学，愁遗天忍丧斯文。救时论在昌言报，痛逝书焚革命军。生慕伯鸾充大隐，殁依苍水峙高坟。首丘归正清明近，郁郁南屏护白云。"我除了在灵前敬献手制的梅花、连翘、紫罗兰、迦南馨等花综合的盆景外，也挽以一联："吴其沼乎！昔诵遗言惭后死；国已兴矣，今将喜讯告先生。"首句因军阀乱政的黑暗时期，先生忧国心切，曾大书"吴其沼乎"四字以寄愤慨，这是章夫人所见告的。章夫人自己也做了一首诗："南屏山下旧祠堂，郁郁佳城草木香。异代萧条同此愿，相逢应共说兴亡。"章先生在九泉之下，得与苍水为邻，差不寂寞了。

鲁迅先生于时人少所许可，而对于章先生却拳拳服膺，一九三六年六月十四日章先生在苏逝世，鲁迅先生闻耗，在病中写《关于太炎先生二三事》，过了十天，他也去世了。他的文章中说："我以为先生的业绩，留在革命史上的，实在比在学术史上还要大。考其生平，以大勋章作扇坠，临总统府之门大诟袁世凯的包藏祸心者，并世无第二人；七被追捕，三入牢狱，而革命之志终不屈挠者，并世亦无第二人。这才是先哲的精神，后生的楷模。"这是章先生的盖棺定论，也是正确的评价。

　　章先生以大勋章作扇坠，瞧不起袁世凯，他之被捕，这固然是一个原因，而还有几首讽刺时局的谐诗，也是贾祸的原由，那诗是："瀛台湖水满时功，景帝旌旗在眼中。织女羁思蒸夜月，石狮鳞甲动春风。风飘胡子沉云黑，雨湿国旗坠粉红。关塞极天惟鸟道，江湖满地两渔翁。""袁四犹疑畏简书，芝公常为护储胥。徒劳上将挥神腿，终见降王走火车。饶夏有才原不忝，蒋张无命欲何如。可怜经过刘家庙，汽笛一声恨有余。""蓬莱宫阙对西山，车站车头京汉间。西望瑶池见太后，南来晦气满冥关。云移鹭尾看军帽，日绕猴头识圣颜。一卧瀛台惊岁晚，几回请客吃西餐。""此人已化黄鹤去，此地空余黄鹤楼。黄鹤一去不复返，白狼千载空悠悠。晴川历历汉阳渡，芳草萋萋白鹭洲。日暮乡关何处是，黄兴门外使人愁。"这几首诗，讽刺得十分尖刻，凡是留心当年政局的中年人，老年人，都可给它们作注解的。

易开易谢的樱花

　　樱花是落叶亚乔木，叶作尖形，与樱桃叶一模一样，花五瓣，也与樱桃花相同，不过樱桃花结实，而樱花是不会结实的。花有单瓣、有复瓣，色有白、绿与浅红三种，易开易谢，一经风雨，就落英满地了。我们的邻国日本，不知怎的，竟挑上了这樱花作为他们的国花，三岛上到处都种着。花开的时节，称为樱花节，士女们都得到花下去狂欢一下，高歌纵酒，不醉无归，连全国的学校也放了樱花假，让学生们及时行乐，真的是举国若狂了。自从上一次大战惨败之后，国运衰微，民生憔悴，美国占领军又盘踞不去，到处横行，每年虽逢到了樱花时节，也许没有这闲情逸致了吧。

我的园子里，本有两株樱花。那株浅红色花的早就死了，还有一株白的，却已高出屋檐。今年春光好时，着花无数，我本来爱花若命，对于花几乎无所不爱，可是经了八一三创钜痛深，对樱花也并没好感，记得往年曾有这么一首诗："芳菲满眼占春足，紫姹红嫣绕屋遮。花癖还须分国界，樱花不爱爱梅花。"某一天早上见树头已疏疏落落地开了几枝花，与一树红杏相掩映，我只略略看了一眼，并不在意。谁知到了午后，竟完全开放，望过去恰如白云一大片，令人有"其兴也勃焉"之感，雨风一来，就纷纷辞枝而下，这正可象征日本国运得兴得快也败得快呢。

故词人况蕙风，对于樱花似乎有特殊的爱好，既以"餐樱庑"名其斋，而词集中咏叹樱花的作品，也有十余阕之多。兹录其《浣溪沙》九之五云："不分群芳首尽低。海棠文杏也肩齐。东风万一尚能西。　见说墨江江上路，绿云红雪绣双堤。梅儿冢畔惜香泥。""何止神州无此花。西方为问美人家。也应惆怅望云涯。 风味似闻樱饭好，天台容易恋胡麻。一春香梦逐浮槎。""画省三休仵玉珂。峨冠宝带惹香多。锦云仙路簇青娥。

似此春华能爱惜，有人芳节付蹉跎。隔花犹唱定风波。""何处楼台罨画中？瑶林琼树绚春空。但论香国亦仙蓬。 未必移根成惆怅，只今顾影越妍浓。怕无芳意与人同。""且驻寻春油壁车。东风薄劣不关花。当花莫惜醉流霞。 总为情深翻怨极，残阳偏近蓿云斜。啼鹃说与各天涯。"词固隽丽，足为樱花生色，可是樱花实在不足以当之。

前南社社友邓尔雅有《樱花》诗五言一首："昨日雪如花，明日花如雪。山樱如美人，红颜易销歇。"这也是说樱花的易开易谢，任它开放时如何的美，总觉美中不足。

樱花中白色的和浅红色的都不稀罕，只有绿色而复瓣的较为名贵，但也与吾国梅花中的绿萼梅相似，含苞时绿得可爱，开足后也就变淡，好像是白的了。上海江湾路附近，旧有日本人的六三园，中有绿樱花数十株，种在一起，成了一片樱花林，开花时总得邀请中外诗人画家们前去观赏，故杭州词人徐仲可曾与无锡王西神同去一看，宠之以词，各填《瑶华》一阕，徐词已佚，王词云："玲珑梅雪，葱蒨梨云，试鸾绡红浣。亭亭小立，妆竟也一角水晶帘卷。露寒仙袂，好淡扫华清娇面。似那时珠箔银屏，唤题九华人懒。 丝丝绿茧低垂，伴姹紫嫣红，不胜清怨。移根何处？只怅望三岛蓬莱春远。明光旧曲，早换了看花心眼。对玉窗凤髻重簪，吟入郑家魂断。"樱花树身易于虫蛀，不能经久，自日本战败以后，园主他去，三径荒芜，这数十株绿樱花，怕也荡然无存了。

健康第一

人生一切的一切，以健康为第一。而要构成一个强大的国家，也一定要有健康的人民，人民如果都是萎靡不振，国家也不会强大起来的。健康之道，须从锻炼身体着手，经常地从事体操和运动，是必要的条件。解放以来，国家尽力提倡体育，各地常在举行运动会，工人有工人的运动会，军人有军人的运动会，学生有学生的运动会，机关干部有机关干部的运动会。而每天更利用无线电广播，作早操和工间体操，使伏案工作的人，都可活动肢体，增进健康，实行之后，已获得了显著的成效。

我在学生时代，就注意于锻炼身体。最先是喜欢跳绳，一口气能跳二三百下，并且会做种种花式。后来参加足球队和田径赛，而以跳高的成绩为最好。记得那时在上海民立中学求学，有一次跳高时，引起了一位德国籍物理学教师杜伯莱先生的注意，在课堂上他因不知道我的姓名，就称我为跳高朋友。现在我虽年过花甲，还能一试身手，而跳起绳来，还有持续一百下的成绩。推原其故，实在得力于平时爱好花木，终日劳动所致。

说起跳绳，倒是一种简单而有益的运动，设备只须一条绳子，场地不论室内、室外，随时都可练习，所以是方便不过的，久经练习之后，可以增强两腿两脚的弹力，加快血液的循环，并且可帮助消化、扩大呼吸，而神经系统的机能也因此增强起来。跳绳的花式很多，有顺跳，有逆跳，有双手交叉而跳，也一样的可以顺跳逆跳。如果嫌独跳单调，那么可约三四人合作，二人执绳挥动，一人或二人同跳。如其执绳的技能较好，那么同时也可跳的。朋友们，你何不试一试呢？

　　家庭中的妇女们，也可练习跳绳，他如每天打太极拳或作广播体操，都能增进健康的。倘家有庭园，那么搭一个秋千，常和孩子们一起荡秋千，也是一种增强脚力、腕力的很好的运动。说起秋千，古已有之，如明代陈眉公诗云："粉堞朱阑挂绿杨，春风飘宕彩丝长，只缘睡起娇无力，落地花泥满绣裳。"清代宋荔裳《生查子》词云："仙仙蝴蝶衣，窄窄檀香板。纤体欲飞扬，只恨春风软。　春葱玉指柔，香汗罗襦满。侍女笑相扶，倩把云鬟挽。"又朱竹坨《点绛唇》词云："香袂飘空，为谁一笑穿花径。有时花顶，罗袜纤纤并。　飞去飞来，不许惊鸿定。重门静。粉墙深映，留取春风影。"可惜那时他们只把荡秋千瞧作是一种闺中游戏，没有把健身的好处描写出来。

梅君歌舞倾天下

"梅君歌舞倾天下，余事丹青亦可人。画得梅花兼画骨，独标劲节傲群伦。"这是我当年题京剧名艺人梅浣华先生兰芳画梅的一首诗；因他在对日抗战期间不肯以声音献媚敌伪，故意养起须子来作抵抗，抗战八年，他始终没有登过一次台，演过一出戏，像他这样的独标劲节，不受威胁利诱，在艺人中是不可多得的。我钦佩他的节操，因此末二句以梅花为喻。梅先生不但擅长画梅，也善于画佛。二十余年前，曾替我画过一幅无量寿佛，着墨不多，自成逸品。后来又画了一张芭蕉碧桃的便面见赠，画笔也很遒劲，我配上了一副檀香骨，夏季难得一用，简直爱如拱璧。前三年梅先生的爱子葆玖来苏演出，文学艺术工作者联合会举行茶会欢迎他；我特地带了这扇子去给他瞧，并笑着说："梅世兄，您父亲画这扇子的时候，恐怕您还在襁褓中吧？"同来的许姬傅先生忙道："他今年只十七岁，那时候还没有出世咧。"前年梅先生在上海演出，我和范烟桥兄写信去请他来苏一演，梅先生因先受无锡之聘，辍演时已在炎夏，亟须休息，很恳切地回信婉辞。但我们还在期望着，期望他终有一天会到苏州来，以慰苏州人民喁喁之望的。

梅先生平日接物待人，彬彬有礼，当我过去在《申报》主编副刊《自由谈》和《春秋》时，他每度来沪演出，总得登门造访，我不在时，也得留下一张名片或见赠玉照一帧，紫罗兰盦中，至今还珍藏着他好多玉照和名片呢。儿子铮结婚时，他也特来道贺，终席始去，其谦恭和周至，于此可见。我们虽已好久不见了，而他的声音笑貌，还在我心版上留着深刻的印象。

梅先生的几出名剧，如《宇宙锋》《贵妃醉酒》《黛玉葬花》《嫦娥奔月》《天女散花》《霸王别姬》《费宫人刺虎》等，我都曾看过，叹为绝唱。当年名词人况蕙风先生也深为倾倒，一再赋词咏叹，其减字《浣溪沙》云："解道伤心片玉词，此歌能有几人知？歌尘如雾一颦眉。

碧海青天奔月后，良辰美景葬花时。误人毕竟是芳姿。"这是为听了梅先生的《奔月》《葬花》二剧，有感而作的。某年梅先生自沪北归，名画家何诗孙先生为作《北归图卷》，名词人朱彊村先生题以《清平乐》云："残春倦眼，容易花前换。尊绿华来芳晼晚，消得闲情诗卷。

天风一串珠喉，江山为被清愁。家世羽衣法曲，不成凝碧池头。"这也足见梅先生的艺事和为人，深得文艺名宿的爱重了。

一九五五年是梅先生舞台生活五十年纪念，北京文艺界举行盛大的祝典，我身在南中，未能前去参加，愧歉万分！梅先生虽已六十二岁了，而驻颜有术，丰采依然，但愿他老而弥健，在舞台上更多贡献，以作后生的楷模。

一生低首紫罗兰

　　"幽蒪叶底常遮掩，不逞芳姿俗眼看。我爱此花最孤洁，一生低首紫罗兰。""艳阳三月齐舒蕊，吐馥含芬却胜檀。我爱此花香静远，一生低首紫罗兰。""开残篱菊秋将老，独殿群芳密密攒。我爱此花能耐冷，一生低首紫罗兰。"这三首诗，是我为歌颂紫罗兰而作的，那"一生低首紫罗兰"句，出于老友秦伯未兄之手，他赠我的诗中曾有这么一句，我因此借以为题。

紫罗兰产于欧美各国，是草本，叶圆而尖其端，很像是一颗心。花五瓣，黄心绿萼，花瓣的下端，透出萼外，构造与他花不同。花有幽香，欧美人用作香料，制皂与香水，娘儿们当作恩物。此花虽是草本，而叶却经冬不凋，并且春秋两季，都会开花。今年也并不像他花那么延迟时日，三月下旬就照常地盛开了。

考希腊神话，司爱司美的女神维纳斯 Venus，因爱人远行，分别时泪滴泥土，来春发芽开花，就是紫罗兰。我曾咏之以诗："娟娟一圃紫罗兰，神女当年血泪斑。百卉凋零霜雪里，好花偏自耐孤寒。"我之与紫罗兰，不用讳言，自有一段影事，刻骨倾心，达四十余年之久，还是忘不了。因为伊人的西名是紫罗兰，我就把紫罗兰作为伊人的象征，于是我往年所编的杂志，就定名为《紫罗兰》《紫兰花片》，我的小品集定名为《紫兰芽》《紫兰小谱》，我的苏州园居定名为"紫兰小筑"，我的书室定名为"紫罗兰盦"，更在园子的一角叠石为台，定名为"紫兰台"，每当春秋佳日紫罗兰盛开时，我往往痴坐花前，细细领略它的色香，而四十年来牢嵌在心头眼底的那个亭亭倩影，仿佛从花丛中冉冉地涌现出来，给我以无穷的安慰。故王西神前辈，曾采取我的影事作长诗《紫罗兰曲》，兹录其首段云："飞琼姓氏漏人间，天风环珮来姗姗。千红谢馥嫣红俗，化作琪葩九畹兰。芳兰本自生空谷，白石清泉寄幽躅。韵事尽教传玉台，秾姿未肯藏金屋。移根远道来欧洲，瑶草呼龙种碧畴。耕同仙李供香国，咒傍夭桃俪粉侯。"诗太长了，只录其花与人双关的一段，以下从略。

我往年所有的作品中，不论是散文、小说或诗词，几乎有一半儿都嵌着紫罗兰的影子。故徐又铮将军当年曾赋诗见赠云："持鳌天后落人寰，历劫情肠不可寒。多少文章供涕泪，一齐吹上紫罗兰。"真是知我者的话。可是宣传太广，就被人家利用了。往年广东有女舞蹈家，艺名紫罗兰，杭州有紫罗兰商店，上海与苏州有紫罗兰理发店，其实都是与我不相干的。我的《红鹃词》中，有几阕小令，都咏及紫罗兰，如《花非花》云："花非花，露非露。去莫留，留难住。当年沉醉紫兰宫，此日低徊杨柳渡。"《转应曲》云："难耐。难耐。泼眼春光如缋。万花婀娜争开。付与贪蜂去来。来去。来去。魂殢紫兰香处。"又《如梦令》云："一阵紫兰香过。似出伊人襟左。恐被蝶儿知，不许春风远播。无那，无那。兜入罗衾同卧。"日来闲坐花前，抚今思昔，不禁回肠荡气了。

金鱼中有一种从北方来的，叫作紫兰花，银鳞紫斑，雅丽可喜，旧时我曾蓄有二十尾，分作二缸，与紫罗兰花并列一起，堪称双璧。

阖第光临看杂技

　　我先在银幕上看过了中国杂技团的演出，后在无锡看过了武汉杂技团的演出；最近苏州市来了一个重庆杂技艺术团，也在最后一天去观光了一下。我觉得前后三次所看到的，都是经过了改造的崭新的场面，作风也改变了，不像旧时卖艺的，一个在表演，一个在旁边叫叫嚷嚷，以增加惊险的气氛。而现在却自始至终，只做手势，不则一声，使观众的注意力集中于每个演员的表演上，不为叫嚷所打扰。所有服装与音乐，都以民族风格为主，而道具也推陈出新，与表演的技术相得益彰。

重庆杂技艺术团，是于一九五〇年由五个团体组织而成，经政府大力扶植，培养教育，又经了每个演员不断的苦练，获得了良好的成绩。曾先后三次赴朝鲜作慰问演出，又曾先后出国到几个人民民主国家去演出，观摩了国外的杂技，交流了经验，因此技术上又提高了不少。据说节目中的柔术一项，就是这样得来的。

我很欣赏柔术，由女团员彭小云担任，体格健美，长短适中，在一只椭圆形红绒面的大凳上，作种种表演，全身的骨骼，似乎都是弹簧做的，节节可以弯曲，简直好像是没有骨骼似的，正合着"柔若无骨"一句形容词。末了她把牙齿咬住一朵大红花，双臂展开，上下身折叠起来，悬空停留着，更见得身轻如燕，美妙极了。

男团员杨少元的椅技，也是一个特出的节目，据说是驰名国际的。他把十多只椅子，在四只垫脚的啤酒瓶上，一只又一只地交叠起来，他就一步一步地向上爬。最后还加上两根长竿子，两手撑住，两脚上翻，做了个竖蜻蜓的姿势，惊险已极！在他逐步向上爬的过程中，椅子有些动摇，我不禁替他捏一把汗，而他却在高处站稳了"立场"，微微地笑，似乎在笑我白担心呢。

此外如顶竿、踩球、跳板、车技、碟子、空竹等等节目，都是力与美的表演，使人看得眉飞色舞，心醉目迷。而团员们虽在作种种惊险的演出，却个个在嘴脸上带着笑，始终是胜任愉快的。

这一次的观光，除了我与妻外，还带了三个小女儿去，倒是破题儿第一遭的"阖第光临"，我们一家子皆大欢喜，把五双手掌也拍痛了。这几天来，三个淘气的小女儿，老是把小椅子小凳子一只只叠起来，仿效杨少元表演椅技，使她们的母亲大伤脑筋，可是我却顾而乐之。

珠联璧合走钢丝

重庆杂技艺术团在苏州市演出了十四个节目，真的是丰富多采，美不胜收。我除了欣赏那柔术椅技等几项外，如何会忘怀那一双两好璧合珠联的走钢丝呢？

走钢丝是两个娇小玲珑的妙龄女郎联合表演的，一名刘玉飞，一名王利中，身材的长短肥瘦，竟是一模一样，有如孪生的姊妹，大概也是从全体女团员中精选出来的。台上先立了两根彩柱，中间横亘着一条粗粗的钢丝，闪闪地发着光亮，这道具已是够美的了。加着两女郎身穿一色火黄缎绣花的半臂短裤，裸露着健美的双臂与双腿，脚上穿着特制的白色软底鞋，手中各自擎着一顶五色斑斓的花伞，款款地走上钢丝去，组成了一个美妙的画面。

她们俩分头站在彩柱顶头的一只小平台上，就开始表演了，先由这边一个在钢丝上滑过去，或作鹤立，或作鸥蹲，做了几个姿态，再由对方的一个兔起鹘落地表演一番。她们手中的花伞，随着脚的搬动而舞动着，是利用它来镇定身体的重心的。最精彩的两点，一是把两腿拍开，作一字式的贴在钢丝上；一是在钢丝上放上一条板，作十字形，双方站在板的两头，上下簸动，这也是很觉惊险的演出，而她们俩却笑逐颜开，如履平地一样，要练成这一种技术，决不是一朝一夕之功。

走钢丝这玩意，古已有之，称为绳戏，因为那时不用钢丝而是用丝绳的，据《通典》说：梁代有高绳技。这就是在高挂着的绳子上所玩的把戏。又据《晋书·乐志》上载："后汉天子受朝贺，舍利从西来，戏于殿前，以两丝绳系两柱头，相去数丈，两女对舞，行于绳上，相逢切肩而不倾。"唐代也有绳戏，曾有人咏之以诗，有"身轻一线中"句，可谓要言不繁，曲尽其妙。降至清初，表演绳戏的都是娼妓，所以有绳妓的专名，严修人曾有《观绳妓作》一诗云："长绳罥竿高百尺，杨花雪落城南陌。美人冉冉化行云，细縠轻纨望空掷。冶袖双开舒锦臂，婆娑往来若平地。盘中小试飞燕舞，楼上惊看绿珠堕。回眸顾盼无限情，空里忽闻环珮声。天风吹入碧云去，始觉仙骨珊珊轻。轻躯上下无断续，舞罢腰肢新结束。燕钗堕地悄无声，背立当窗鬓云绿。抱得秦筝写春怨，歌唇宛转吴趋曲。吴歌楚舞绝可怜，谁家笑掷珊瑚鞭？"看了末尾两句，可知当时作绳戏的确是娼妓了。

后来卖解女子也玩绳戏，所以改称绳技，如女词人王淑，有《蝶恋花》词《观绳技》云："红粉墙边停画艇。绿树阴阴，半露惊鸿影。裙扬留仙风不定，彩丝约住双钩稳。　小立回身香汗映。薄薄斜阳，照上秋蝉鬓。舞瘦垂杨花酩酊，莺莺燕燕差堪并。"这种绳技，却是在画艇上表演的，倒也别开生面。绳技又称走索，清代乾嘉年间都作此称，词人刘芙初有《瑶花》一阕《咏美人走索》云："花梢雾重，柳脚烟垂，压秋千晴昼。轻轻扶上，看惊鸿，来往袜尘生透。红墙西畔，便悄把弓鞋量彀。不防他裙底留仙，天半潇湘绿绉。　有时沙鹭翘来，怕隔着秋江，眼波先溜。细腰如许，珮声里愁杀伊家消瘦，银河一线，等风定月斜时候。问秦楼可有人归？团扇招将鸾袖。"当时女子都曾缠足，又穿着裙子，表演时倒是不很容易的。

姊妹花枝

　　文章中有小品，往往短小精悍，以少许胜。花中也有小品，玲珑娇小，别有韵致，如蔷薇类中的七姊妹、十姊妹，实是当得上这八个字的考语的。花与蔷薇很相像，可是比蔷薇为小，花为复瓣，状如磬口。一蓓而有七朵花的，名七姊妹，一蓓而生十朵花的，名十姊妹，花朵儿相偎相依，活像是同气连枝的姊姊妹妹一样。花色以深红浅红为多，白色与紫色较少，而以深红色的一种最为娇艳。每年倘于农历正月间移种，八月间扦插，没有不活的。此花因系蔓性，可以攀在墙上，一年年地向上爬。往年我住在上海愚园路田庄时，在庭前木栅旁种了一株浅红色的十姊妹，最初攀在木栅顶上，后用绳子绊在墙上，不到三年，竟爬到了三层楼的窗外，暮春繁花齐放，好似红瀑下泻，美妙悦目。清代吴蓉齐有《咏十姊妹》一诗云："袅袅亭亭倚粉墙，花花叶叶映斜阳。谁家姊妹天生就，嫁得东风一样妆。"移咏我这一株倚着粉墙攀缘直上的十姊妹，也是十分确当的。

明代小品文作家张大复，有《梅花草堂笔谈》之作，中有一则谈十姊妹云："十姊妹，花之小品，而貌特媚，嫣红古白，袅袅欲笑，如双姝邂逅，娇痴篱落间，故是蔷薇别种。伯宗云：'折取柔枝插梅雨中，一岁便可敷花。'故知其性流艳，不必及瓜时发也。"以人喻花，自很隽妙。又李笠翁《闲情偶寄》中有记姊妹花一文云："花之命名，莫善于此，一蓓七花者曰七姊妹，一蓓十花者曰十姊妹，观其浅深红白，确有兄长娣幼之分，殆杨家姊妹现身乎？予极喜此花，二种并植，汇其名为十七姊妹。但怪其蔓延太甚，溢出屏外，虽日刈月除，其势犹不可遏，岂党羽过多，酿成不戢之势欤？此无他，皆同心不妒之过也，妒则必无是患矣。故善御女戎者，妙在使之能妒。"以唐明皇所宠爱的杨家姊妹相喻，更觉妙语如环。

以杨家姊妹为喻的，更有清代词人两阕词，如董舜民《画堂春》云："天然一色绮罗丛，妆成并倚东风。秦姨总与虢姨同，玉质烟笼。　馥馥幽香密蕊，姗姗淡白轻红。相携竞入翠薇宫，不妒芳容。"又吴枚庵《满庭芳》云："桃雨飘脂，梨云坠粉，闲庭春事都阑。窗纱斜拓，墙角碎红攒。露重愁含秀靥，娇酣甚不耐朝寒。珊珊态，惯双头并蕊，叶接枝骈。　昭阳台殿冷，银灯拥髻，说尽悲欢。又杨家秦虢，翠钿偷安。一样芳心浑不妒，垂珠珞浅笑风前。双蝴蝶花阴梦醒，飞过曲阑边。"大抵因花中姊妹而说到人中姊妹，就不知不觉地要想到杨家秦虢了。

我苏州的园子里，现有深红的七姊妹三株，与浅红的十姊妹一株，而以"亭亭"半廊旁边的一株为最，据说是德国种，色作深红，一蓓七花，花型特大，这当然是一株出色的七姊妹了。记得明代杨基有《咏七姊妹花》

一诗云："红罗斗结同心小，七蕊参差弄春晓。尽是东风女儿魂，蛾眉一样青螺扫。三姊娉婷四妹娇，绿窗虚度可怜宵。八姨秦虢休相妒，肠断江东大小乔。"因姊妹花而牵引出杨家双鬟、江东二乔来，几乎浑不辨所说的是人是花了。

采薪

八一三日寇来犯，苏州不能住下去了，我扶老携幼，和老友程小青兄暨东吴诸教授避难安徽黟县南屏村，大家真的做了难民。不但是挑水、买菜，亲自出马，还得上山去砍柴，而以砍柴为我们最得意的工作。那地点大半是在南屏山麓虎山上的大松林中，砍柴之外，再拾些松皮松针和松果，带回来生了火，煮饭烹茶，是再好没有的。我曾以长短句记其事，调寄《喝火令》云："雪干常栖凤，云根自蛰蛟。腾拿夭矫上层霄。大泽风来谡谡，万壑起松涛。　丹果如丹荔，翠针似翠毛。检来并作一筐挑。好去煎茶，好去当香烧。好去鸭炉添火，玉斝暖芳醪。"

我每天午后，往往带着儿女们，提篮的提篮，带刀的带刀，揢竹竿的揢竹竿（打松果用得着），浩浩荡荡地走二三里路，赶上山去。到得夕阳下山时，就满载而归，连我那八岁的小儿子，也得肩挑两篮子的松果哩。在山上时，就常常遇到小青夫妇和他们的子女，他们工作尤其努力，每天总得一担两担地挑回去。小青曾有《樵苏》一诗云："滞迹山村壮志无，米盐琐屑苦如荼。添薪为惜闲钱买，自执镰刀学采苏。"我也有二十八字，附录于下："未经忧患贪安乐，坐食奚知稼穑艰。且与儿曹同作苦，夕阳影里负薪还。"但我自从回到上海以后，早又变做了一个手不能提、肩不能挑的废物，想起在南屏山村做樵子时的情景，如同隔世了。

说起柴薪这些引火之物，在山村中本来很便宜的，焦炭每元可买一百二十斤，树柴每元可买二百八十斤，煮饭烹茶，所费实在有限。至于山间的柴薪，自以茅草为大宗，山上山下，到处皆是。我家里的老妈子，每天午后无所事事，总得拿了一把镰刀，一根扁担，出去砍茅草，只消二三小时，就成担地挑了回来，柴间里堆得高高的，像小山一样。便是村中的妇女，也以砍茅草为日常工作之一，我常见许多老婆婆和小姑娘们，或肩或挑，伛腰曲背地从山上挑下来，一二百斤的重量，不算一回事。我想自己昂藏六尺之身，难道及不上一个老婆婆小姑娘，很想尝试一下。可是有一天见小青砍茅草，一不小心，在茅草上捋了一手心的血，把纱布裹了好几天，于是把我的勇气吓下去了，始终没敢去尝试。只为山上茅草太多，樵子们嫌它碍路，每到春初，就放一把火烧了起来。我所住的对山草堂，面对顶云峰，常能看到山半的野烧，夜间熄灭了灯火，坐在窗前饱看。那火焰幻成种种图案，活像上海市上的霓虹灯，自诩眼福不浅，而孩子们更拍手欢呼，当作元宵看花灯哩。我曾填了一阕《散余霞》词："夕阳鸦背徐徐堕，忽余霞掀簸。山背灼烁齐红，放芙蓉千朵。　童稚欹欹敧敧，问彩灯好么？我却心系天涯，痛处处烽火。"

看了《黑孩子》

　　最近看了苏联彩色电影片《黑孩子马克西姆卡》，很为感动。本片是根据作家史达纽科维奇的小说《海洋故事》摄制而成的。这故事虽发生于一八六四年，还是在帝俄的时代，而当时的俄罗斯人也像今日的苏联人民一样，站在正义的立场上，反对种族歧视，尊重世界上一切的种族和一切的民族，对于使用暴力奴役其他种族的罪行，加以有力的打击和制止，这是人道主义的表现，凡是有人心的人，都应该引起共鸣的。

看了《黑孩子》，我因此想起了三十年前所读过的那部林琴南先生译述的《黑奴吁天录》，我本来是个重于情感而心肠极软的人，因此被它赚去了眼泪不少。此书原著是一位美国女作家史都威夫人所作，原名《汤姆叔叔的小木屋》。只为她好多年间眼见得美国人虐待黑种人，简直是惨无人道，无所不用其极，黑种人处于水深火热之中，上天无路，入地无门，实在痛苦极了。她因此抱着悲天悯人之念，决意乞灵于一枝笔，替黑种人呼吁，替黑种人请命，替黑种人一申冤抑，要求她的国人大发慈悲，给他们一条生路。

史都威夫人在动笔写作的时候，两眼中含着热泪，仰天大呼道："求上帝帮助我！让我好好地写一些东西，只要我还活在世上，一定要写！一定要写！"她所谓一定要写的一些东西，就是这部用眼泪和墨水混合写成的杰作《汤姆叔叔的小木屋》。一八五一年六月，先发表于《国家时代》丛报，一八五二年三月，以单行本问世，一时不胫而走，风行全美，一年间就销去了三十多万本。书中写小伊娃的惨死，哀利石的逃亡，泪随笔下，深刻非常，读者往往掩卷不忍卒读，于是引起了广大人民的同情和愤怒。

据说，一八六二年十一月，黑奴们在华盛顿举行了一个感谢的宴会，邀请史都威夫人前去出席，表示了热烈深挚的谢忱。解放黑奴的林肯总统，特地召她一见，当夫人走进白宫客厅的时候，林肯颤巍巍地从圈椅中站起身来，欣然说道："夫人，我很乐于和您相见。"随即霎了霎眼睛，开玩笑似地接下去说道："原来您就是那位写了一部书而引起这次南北大战的小妇人么？请坐吧，请坐吧！"于是他就和夫人对坐在壁炉之前，炉火熊熊，放出血红的光来，照着他们俩娓娓而谈，谈了好久，方始互道珍重而别。史都威夫人似乎并没有其他作品，而这部《汤姆叔叔的小木屋》，已尽够使她名垂不朽了。

看了《黑孩子》，我们愿向一切被压迫的种族和民族，表示衷心的同情。

清芬六出水栀子

　　"清芬六出水栀子"，这是宋代陆放翁咏栀子花的诗句，因为栀子六瓣，而又可以养在水中的。栀与卮通，卮是酒器，只因花形像卮之故，古时称为卮子，现在却统称栀子了。栀子有木丹、越桃、鲜支等别名，宋代谢灵运称之为林兰，其所作《山居赋》中，曾有"林兰近雪而扬猗"之句，据说是一种花叶较大的栀子。佛经中又称之为薝卜，相传它的种子是从天竺来的，明代陈淳句云："薝卜含妙香，来自天竺国。"因它来自佛地，与佛有缘，所以有人称它为禅客，为禅友，如宋代王十朋诗云："禅友何时到，远从毗舍园。妙香通鼻观，应悟佛根源。"

栀子以盆植为多，高不过一二尺，而山栀子长在山野中的，可高至七八尺。叶片很厚，色作深绿而有光泽，形如兔子的耳朵。六月开花，初白后黄，花都是六瓣，有复瓣有单瓣，山栀子就是单瓣的，花香浓郁，却还可爱。古人甚至歌颂它可以代替焚香的，如宋代蒋梅边诗云："清净法身如雪莹，肯来林下现孤芳。对花六月无炎暑，省爇铜匜几炷香。"

我在对日抗战以前，曾从山中觅得老干的山栀，硕大无朋，苍古可喜，入夏着花累累，一白如雪。苏州沦陷后，我避寇他乡，万念俱灰，借重佛经来安慰自己，想起了这一株老干的山栀，咏之以诗，曾有"堪怜劫里耽禅定，入梦犹闻薝卜香"之句。到得胜利后回到故园，却已枯死，为之惋惜不止！去年在农历四月十四日所谓吕纯阳生辰的花市中，买得小型的山栀两株，都是老干，一作攲斜态，一作悬崖形，苦心培养了一年，今夏已先后着花，单瓣六出，瓣瓣整齐，好像是图案画一样。今夏又从花市中买得干粗如酒杯的复瓣栀子两株，姿态一正一斜，合种在一只紫砂的椭圆形浅盆中，加以剪裁与扎缚，楚楚有致。自端阳节起，陆续开花，花瓣重重，花型特大，大概就是谢灵运所称的林兰了。

栀子花总是白色的，而古代却有红色的栀子花，并且在深秋开放，的是异种。据古籍中载称：蜀孟昶十月宴芳林园，赏红栀子花，其花六出而红，清香如梅。蜀主很爱重它，或令图写于团扇，或绣在衣服上，或用绢素鹅毛仿制首饰。花落结实，用以染素，成赭红色，妍丽异常。可是自蜀以后，就不听得有红栀子花了。

栀子入诗，齐梁即已有之，其后如宋代女诗词家朱淑真诗云："一根曾寄小峰峦，薝卜香清水影寒。玉质自然无暑意，更宜移就月中看。"明代大画家兼诗人沈石田诗云："雪魄冰花凉气清，曲阑深处艳精神。一钩新月风牵影，暗送娇香入画庭。"词如宋代吴文英《清平乐·咏栀子画扇》云："柔柯剪翠，蝴蝶双飞起。谁堕玉钿花径里？香带熏风临水。　露红滴下秋枝，金泥不染禅衣。结得同心成了，任教春去多时。"又清代陈其年《二十字令·咏团扇上栀子花》云："纵扇上，谁添栀子花？搓酥滴粉做成他。凝禅纱夭斜。"栀子花在近代被人贱视，以为是花中下品，而这些诗词，却是足以抬高它的身价的。

上海有一位被称为活吕布的昆剧专家徐凌云先生，他也是培养水栀子的专家。十余年前，我曾见他用四五十只各色各样的瓷碗瓷盘，满盛清水，养着四五十株从杭州山中觅来的山栀子，浓绿的叶片，和雪白的根须，相为妩媚。据说也可以使它们开花，大概需要施用一种特殊的肥料了。

文人爱猫

猫是一种最驯良的家畜，也是家庭中一种绝妙的点缀品，旧时闺中人引为良伴，不单是用以捕鼠而已。吾家原有一头玳瑁猫，已畜有三年之久，善捕鼠，并不偷食，便溺也有定处，所以一家上下都爱它。不料最近却变了，整天懒得动弹，常在灶上打盹，见了东西就偷去吃，便溺也不再认定一处，并且常把脚爪乱抓地毯和椅垫，使我非常痛恨，但也无可奈何。不料前天早上，却发现它死在园子里了，也不知道它是怎么死的。幸而它已生下了两头小猫，总算没有绝嗣，差无后顾之虑。我们送掉了一头，留下了一头，毛片火黄夹着深黑色，腹部和四脚都作白色，比母亲生得更美丽，也可算得是移人尤物了。

吾国文人墨客，大都爱猫，因此诗词中常有咏叹之作。清代词人钱葆馚倚《雪狮儿》调咏猫遍征词友和韵，名家如朱竹垞、吴毂人、厉樊榭等都有和作，朱氏三阕，雅韵欲流，可称狸奴知己。其一云："吴盐几两，聘取狸奴，浴蚕时候。锦带无痕，搦絮堆绵生就。诗人黄九，也不惜买鱼穿柳。偏爱住戎葵石畔，牡丹花后。午梦初回晴昼。敛双睛乍竖，困眠还又。惊起藤墩，子母相持良久。鹦哥来否？惹几度春闺停绣。重帘逗。便请炉边叉手。"其二云："胜酥入雪，谁向人前，不仁呼汝？永日重阶，恒把子来潜数。痴儿骏女。且莫漫彩丝牵住。一任却食鱼捕雀，顾蜂窥鼠。　百尺红墙能度。问檀郎谢媛，春眠何处？金缕鞋边，惯是双瞳偏注。玉人回步。须听取殷勤分付。空房暮，但唤衔蝉休误。"又陈其年《垂丝钓》云："房栊潇洒。狸奴嬉戏檐下，睡熟蝶裙儿，皱绡衩。梅已谢。撒粉英一把。将伊惹。　正风光艳冶。寻春逐队。小楼窜响鸳瓦。花娇柳姹，向画廊眠借。低撼轻红架。鹦鹉怕唤玉郎悄打。"董舜民《玉团儿》云："深闺驯绕闲时节。卧花茵，香团白雪。爪住湘裙，回身欲捕，绣成双蝶。　春来更惹人怜惜。怪无端鱼羹虚设。暗响金铃，乱翻鸳瓦，把人抛撒。"刘醇甫《临江仙》云："绣倦春闺谁伴取？红氍日暖成堆。炉边叉手任相猜。金猊从唤住，玉虎罢牵回。　刚是牡丹开到午，亭阴尽好徘徊。几番移梦下妆台。买鱼穿柳去，戏蝶踏花来。"清词丽句，足为狸奴生色。

　　不但吾国文人爱猫，就是西方交坛名流，也有好多人都有猫癖的。如法国文豪许峨（V.Hugo），要是不见他的爱猫在房间里时，心中就会郁郁不乐，若有所失。小说家柯贝（F. Coppee），更如痴如醉地爱着猫，连年搜罗名种，不遗余力，有几头波斯种的，名贵非常。小说家高梯尔（T.Gautier），也豢养着好多头的猫，无一不爱，都给它们题了东方式的名儿，如茶比德、左培玛等；有一头雌猫，用埃及女王克丽巴德兰的名儿称呼它；另有一头最美的，生着红鼻蓝眼，平日最为钟爱，不论到那里去，总带着同行，他称之为西菲尔太太，原来西菲尔是他自己的名儿，简直当它像爱妻般看待了。英国文坛上，也有位爱猫的名流，如小说家兼诗人史谷德（W. Scott），本来是爱狗成癖而并不爱猫的，到了晚年，却来了个转变，对于猫引起极大的好感，他曾在文章中写着："我在年龄上最大的进步，就是发现我爱着一头猫，这畜生本来是我所憎恶的。"诗人考伯（Cowper）每在家里时，他所爱的一头小猫总是厮守在他的身旁，他曾写信给朋友说："这是蒙着猫皮的一头最灵敏的畜生。"其他如约翰生（O.Johnson）、白朗（O.M. Brown）、华尔泊（H.Walpole）诸名作家，也都是有名的爱猫者，平日间是与猫为友，非猫不欢的。

静安八景

　　二十年来，上海南京西路的静安寺一带，商店栉比，车辆幅辏，已变做了沪西区唯一的闹市。而在明末清初之际，却是一个非常清静的所在，现在所有的屋子，都是后来才造的。

　　元明之间，这里更是一个风景区，高人雅士，常来游览，单以静安寺本身而论，就有所谓静安八景，一曰陈桧、二曰涌泉、三曰赤乌碑、四曰虾子禅、五曰讲经台、六曰沪渎垒、七曰芦子渡、八曰绿云洞。在元代时，静安寺的住持法名寿宁，字无为，号一庵，上海人，工吟咏，是一位有名的诗僧。他在寺中治丈室，两旁种满了许多桧竹桐柏，春、夏时绿阴森森，因自号绿云洞，连同寺中其他古迹，合为静安八景，求诗人们赐以题咏，成《静安八咏》一卷，大名鼎鼎的杨铁崖给他作序，传诵一时。

寿宁自己的八首诗古音古节，做得很不错，中如《涌泉》云："坤之机兮下旋。涌吾水兮泡漩。一气孔神兮无为自然。吁嗟泉兮何千万年！"《芦子渡》云："芦瑟瑟兮水溶溶。望美人兮袁之崧。雁呖呖兮心忡忡。眺东城兮江之中。吾将踏苇兮歌清风。"《绿云洞》云："万樾兮森森。云承宇兮阴阴。洞有屋兮云无心。我坐石兮歌瑶琴。耶之溪兮华之浔。云之逝兮吾将曷寻？"如今静安八景，除了寺前那个涌泉外，其余都已荡然无存。就这一方涌泉，在解放以前也好像成为公众的痰盂和垃圾桶，肮脏不堪。近年来市当局提倡爱国卫生运动，再也没有人去作践它，四周又围了起来，对于这前代遗留下来的唯一古迹，保护得也好了。对日抗战期间，我在愚园路田庄曾住过七年，静安寺一带，是我每日必到之地，对它有特殊的好感。而近二年来，每到上海，住在儿子铮的梵王渡路寓所中，每天出入，又必须经过这里，可说是与静安寺有缘的了。

茉莉开时香满枝

茉莉原出波斯国，移植南海，闽粤一带独多，因系西来之种，名取译音，并无正字，梵语称末利，此外又有没利、抹厉、末丽、抹丽诸称，都是大同小异的。花有草本木本之分，茎弱而枝繁，叶圆而带尖，很像茶叶，夏秋之间开小白花，一花十余瓣，作清香，很为可爱！有复瓣更多的称宝珠小荷花，出蜀中，最名贵。据说别有红茉莉，色艳而无香，作浅红色的，称朱茉莉，雷州、琼州有绿茉莉与黄茉莉，我们从未见过。

佛书中称茉莉为鬘华，因它往往给娘儿们装饰髻鬟的。苏东坡谪儋耳时，见黎族女子头上竞簪茉莉，因拈笔戏书几间，有"暗麝着人簪茉莉"之句。关于茉莉簪鬟的事，诗人词客都曾咏及，如明代皇甫汸云："萼密聊承叶，藤轻易绕枝。素华堪饰鬟，争趁晚妆时。"宋代许棐云："荔枝乡里玲珑雪，来助长安一夏凉。情味于人最浓处，梦回犹觉鬓边香。"清代王士禄云："冰雪为容玉作胎，柔情合傍琐窗隈。香从清梦回时觉，花向美人头上开。"徐灼云："酒阑娇惰抱琵琶，茉莉新堆两鬓鸦。消受香风在凉夜，枕边俱是助情花。"恽格云："醉里频呼龙井茶，黄星靥乱鬓边鸦。移灯笑换葡萄锦，倚枕斜簪茉莉花。"词如徐钪《清平乐》云："清芬飘荡，偏与黄昏傍。浴罢玉奴心荡漾，小缀乌云鬓上。　定瓷渍水初开，春纤朵朵分来。半晌双鬟撩乱，不教贴上银钗。"黄清《减兰》云："芳心点点，细朵惺忪娇素艳。碎月筛廊，凉约烟鬟称晚妆。　玲珑小玉，窄袖轻衫初试浴。香已销魂，况在秋罗扇底闻。"看了这些诗词，便知茉莉与女子鬓发似乎是分不开的。

把茉莉花蒸熟，取其液，可以代替蔷薇露，也可作面脂，泽发润肌，香留不去。吾家常取茉莉花去蒂，浸横泾白酒中，和以细砂白糖，一个月后取饮，清芬沁脾。至于用茉莉花窨茶叶，更是司空见惯的事，北方爱好的香片，就是茉莉窨成的。近年来苏州花农争种茉莉，夏花秋花，先后可开三四次，而灌水施肥摘花等工作，都在烈日炎炎下施行，实在是非常辛苦的。听说茉莉所窨的茶叶，不但广销于北方，并且装运出国，换回重工业建设所需要的机械，不道这些小小花朵，也负着如此重大的使命，真可留芳百世了。

茉莉除了簪鬓外，也有用铅丝拴成了球，挂在衣钮上；或盛在麦柴精编的小花囊中，佩在身上；更有特别加工，扎成了精巧玲珑的花篮，挂在床帐中的。因为它的阵阵清香，太可人意了。茉莉球宋代已有之，戴复古诗中曾有"香熏茉莉球"之句。又范成大诗云："忆曾把酒泛湘漓，茉莉球边擘荔枝。一笑相逢双玉树，花香如梦鬓如丝。"茉莉花囊见于清人诗中的，如平素娴《闺中杂咏》之一云："一棱琥珀映香肩，茉莉囊悬翠鬓边。贪看纱幮凉月影，语郎今夜且分眠。"清代吴毅人《有正味斋词》中，曾有《瑶花》一阕咏茉莉花篮云："浓香解媚，清艳含娇，簇盈盈凉露。金丝细绾，讶琼壶、冷浸清冰如许。玲珑四映，问恁得相思盛住？已赢他织翠裁筠，消受美人怜取。　几回荡着轻舠，听吴语呼时，争傍篷户。拎来素手，爱袖底犹带采香风趣。斜阳渐晚，看挂向粉舆归去。到夜阑斗帐横陈，梦醒蝶魂无据。"末二句就归纳到床帐中去了。

平民的天使

苏联近代文学界中，作家辈出，高尔基当然是此中领袖，他的每一作品，都是人民的呼声，他的一枝笔，就是斗争的武器；而在帝俄时代，我们可不能忘怀那位伟大的托尔斯泰，他以贵族的身份，站在同情解放农奴的立场上，扛着一枝千锤百炼的健笔，与暗黑的势力纵横作战。

托氏作品的英文译著，往年我曾读过不少，并曾翻译过他的杰作《复活》和几种短篇小说，对他的文笔是拳拳服膺的。托氏的家世和生平事迹，都略有所知：他是一八二八年八月二十八日（旧历）生于图拉的亚士那亚·波利亚那村。他的祖父与彼得大帝交好，袭伯爵，后由其父承袭，托氏是第三世的伯爵了。托氏三岁丧母，九岁丧父，同他的三个哥哥一个姊姊依其姑母，因家有采邑，生活是不成问题的。

托氏富于感情，天性过人，想起了去世的父母，往往痛哭流涕。初求学于莫斯科与喀山二地，成绩平平，后毕业于圣彼得堡帝都大学，回乡与农民交往，以改良农事为己任。一八五一年入高加索军中，后随军出征土耳其，托氏独据一炮台，与敌作战，勇名大噪，他的中篇小说《塞伐斯托波尔》就是记这一次战役的。

战事平定后，托氏解甲归来，已以诗家小说家闻名，出入圣彼得堡文酒场中，人家都刮目相看。后作德意志、意大利之游，以广见闻。一八六二年，年三十四，方始结婚，住在莫斯科邻近的采地上，和农民们杂处。他痛恨贵族与地主的专横，深表同情于农民，曾感慨地对人说道："我们是人，农民也是人。农民披星戴月，终年忙于农事，没有好好地吃，好好地穿，而我们不耕而食，不织而衣，还要去奴役他们，这岂是仁人君子所应为的呢？"于是把他家所有的农奴，悉数遣散。他爱好劳动，事必躬亲，身穿毛布的衣服，每天茹素不吃荤腥，曾对人说："挥尔额上汗，充尔腹中饥。尽尔十指力，制尔身上衣。"他的劳动观点，于此可见一斑。

托氏因旧帝俄教育，虚浮不合理，就设立了一所小学校，集合了农家子弟，亲自教诲，课程的周密，教法的良善，其他小学校都比拟不上。校中既没有章程，也没有规则，更没有服从的体制，只是以仁爱友义的精神教导学生。托氏又精于医道，乡人有病，他亲往诊治给药，十分亲切，受惠的人都感激涕零，称之为"平民的天使"。

托氏怜悯农民的痛苦，所有著作凡是写农民生活的，最为深刻，并用以教育农民。他平日从事农作，除草砍柴，都由自己动手，常说："我们有了一副好筋骨，却不能劳动。他们农民吃不饱，穿不暖，而做我们所不能做的事，岂不是我们的耻辱！"托氏体力充沛，能够带了一百二十斤的重物，安然步行。住宅简朴非常，书室中都放着镰刀、锹、锄等农具，活像是一个农家。最奇怪的，屋中有窗无门，庭前手植大榆树一株，亭亭直上，名之为"平民树"。一九一〇年，弃家出走，不久就病倒了，以十一月七日（旧历）殁于阿司塔波伏车站。

他的一生著作，除小说外，有诗歌、杂作、宗教书等极多，其中宗教性论著及政论性作品，以帝俄审查条件的限制，未能刊印，而是转托友人先后在瑞士和英国出版的。小说以《战争与和平》《复活》《安娜·卡列尼娜》为三大杰作，传诵世界。

荷花的生日

　　人有生日，是当然的，不道花也有生日，真是奇闻！农历二月十二日，俗传是百花生日，而荷花却又有它个别的生日，据说是农历六月二十四日。在前清时，每逢此日，画船箫鼓，纷纷集合于苏州葑门外二里许的荷花荡，给荷花上寿。为了夏季多雷雨，游人往往被淋得像落汤鸡一般，甚至赤脚而归，因此俗有"赤脚荷花荡"之谣，足见其狼狈相了。

其实所谓荷花生日，并无根据。据旧籍中说，这一天是观莲节，昔晁采与其夫，各以莲子互相馈送。曾有人扶乩叩问，晁降坛赋诗云："酒坛花气满吟笺，瓜果纷罗翰墨筵。闻说芙蕖初度日，不知降种自何年？"连这无稽的神话，也以荷花生日为无稽，而加以讽刺了。

不管是不是荷花的生日，而苏州旧俗，红男绿女总得挑上这一天去逛荷花荡，酒食征逐，热闹一番，再买些荷花或莲蓬回去。其见之诗词的，如邵长蘅《冶游》云："六月荷花荡，轻桡泛兰塘。花娇映红玉，语笑熏风香。"舒铁云《六月二十四日荷花荡泛舟作》云："吴门桥外荡轻舻，流管清丝泛玉凫。应是花神避生日，万人如海一花无。"高高兴兴地趁热闹去看荷花，而偏偏不见一花，真是大杀风景，那只得以花神避寿解嘲了。词如沈朝初《忆江南》云："苏州好，廿四赏荷花。黄石彩桥停画鹢，水晶冰窨劈西瓜。痛饮对流霞。"张远《南歌子》云："六月今将尽，荷花分外清。说将故事与郎听。道是荷花生日，要行行。　粉腻乌云浸，珠匀细葛轻。手遮西日听弹筝。买得残花归去，笑盈盈。"记得二十余年前，我与亡妻凤君也曾逛过荷花荡，扁舟一叶，在万柄荷叶荷花中迤逦而过，真有"花为四壁船为家"的况味。凤君买了几只莲蓬，剥莲子给我尝新，此情此景，历历在目，可惜此乐不可复再了！

　　清代大画家罗两峰的姬人方婉仪，号白莲居士，能画梅竹兰石，两峰称其有出尘之想。方以六月二十四日生，因有《生日偶作》一诗云："冰簟疏帘小阁明，池边风景最关情。淤泥不染清清水，我与荷花同日生。"诗人好事，又有作荷花生日词的，如计先炘一绝云："翠盖亭亭好护持，一枝艳影照清漪。鸳鸯家在烟波里，曾见田田最小时。"徐阆斋两绝云："荷花风前暑气收，荷花荡口碧波流。荷花今日是生日，郎与姜船开并头。""金坛段郎官长清，临风清唱不胜情。怪郎面似荷花好，郎是荷花生日生。"荷花生日虽说无稽，然而比了甚么神仙的生日还是风雅得多，以我作为《爱莲说》作者周濂溪先生的后人来说，倒也并不反对这个生日的。

神话水晶宫

　　世界上任何一个国家，都有他们自己的各种神话。以我国而论，譬如"嫦娥奔月""牛郎织女""天女散花""白蛇传""宝莲灯""袁樵摆渡""张羽煮海"等等，我们在戏剧和弹词中都可看到听到，并且是为群众所爱看爱听的。苏联电影中，也有很多神话片，前有《宝石花》，近有《水晶宫》，可算是神话片中的代表作，两片都用彩色摄制，富丽堂皇，十分可爱，我都曾看过，留下了很深的印象。我以为无论是我们自己的神话或其他各国的神话，都不能看作迷信，斥为荒唐。我以为是一种美丽的幻想，况且内中也往往含有或多或少的教育意义，所以在我们新中国的新社会中，这种神话也是很受重视的。

我和妻看了《水晶宫》那部神话片，很感兴趣，妻说："我们中国有海龙王的传说，苏联也有海王，并且还有王后和一位美丽的公主，比中国的海龙王幸福多了。"我笑道："说起海龙王，我倒记起来了：记得往年渡海游普陀时，曾做了一个白日梦，梦见自己先到上界仙都去作客，后来又被龙王邀去游水晶宫，一觉醒来，记之以词，可惜已记不得了。"当下在故纸堆中找寻了一下，居然找到了旧稿，妻看不懂，我便把词意讲给她听，词共二阕；词寄《临江仙》："局促人间无处住，跨鸾直上丹霄。琼台负手听金璈。祥麟威凤，相对舞云翘。　闲种琪花和瑶草，疗饥自有灵桃。姮娥招饮月中醪。银河倒泻，为我涤仙瓢。""浪迹仙寰无个事，突来西海书邮。龙王邀我作清游，金鳌背上，倏忽到瀛洲。　百戏纷陈都一试，钓鲸翡翠为钩。珊瑚床上梦庄周，神蛟入奏，晓起看云楼。"妻听了我的讲解，扁一扁嘴说道："你的口气倒着实不小，可是无非吃喝玩睡这一套，那及《水晶宫》中的萨特阔，得了海王公主之助，造船下海，探险得宝，多么有意义呢？"我苦笑道："《水晶宫》原是一个有意义的神话，我的两阕词，你就当它是个荒唐的幻想。但看用翡翠钩子钓大鲸的一点，不就是天字第一号的海外奇谈吗？"

影片《梁山伯与观英台》的结尾一节：祝英台哭灵之后，大雷打开了梁山伯的坟墓，她就跳了进去，二人化为一双蝴蝶，联翩飞舞，就含有些神话意味的。我以为何妨挑选一二富有教育意义的神话，摄成影片，料想观众不会不爱看吧？

殡舍作动物园

苏州城东中由吉巷底有一所古老的殡舍，名昌善局，也是善堂性质的组织，专给人家寄存死者的棺木的。局中小有园林之胜，有假山、有旱船、有亭榭、有两个池子，一个池子里，有好多只大鼋，颇颇有名。可与阊门外西园的鼋分庭抗礼。池边有三株老柏，近门处有一架紫藤，都是古意盎然，足足有百岁以上的高寿了。

一九五三年秋，苏州市园林修整委员会因那里棺木早已移去，空着没用，决计前去修整一下，我也是参加设计的一员。费了三个月的时间，总算修整得楚楚可观，但还想不出怎样去利用那些从前存放棺木的一间间屋子。一九五四年春，因拙政园中原有的那个动物园地盘太小，大家计上心来，就决定把动物迁到昌善局去，又费了二个多月的时间，鸠工庀材，从事改装，这一个崭新的城东动物园终于在五月一日开幕。一所死气沉沉的殡舍，居然变作生气勃勃的动物游息之场了。这两年来又一再加以改善，使那些飞禽走兽以及水族，一一各得其所。并且从各地罗致了各种珍奇的动物，大可观赏。谁也料不到这动物园的前身，却是一所殡舍。

这城东动物园一带，有一大片澄清的水，风景清幽，很有水乡风味，入夏特备了几艘游船，供群众打桨游赏，一路可通黄天荡。那边的荷花，也是颇颇有名的，每年六七月间，红裳翠盖，蔚为大观，足供半天的流连。至于通往动物园的街道，也已拓宽，从前的小巷曲曲，已变作大道盘盘了。

老友徐卓呆兄，在十一岁至二十岁的十年之间，曾在中由吉巷住过，所以对于附近一带的旧时情况，很为熟悉，听他说起来，历历如数家珍。据说动物园西面的徐家弄内，有地名方家场，是明代大忠臣方孝孺的住宅所在，现已成为废墟了。清末的那位能诗、能画、能作小说的风流和尚苏曼殊，有讲学处设在邻近的传芳巷内，但不知他讲的是文学呢，还是佛学？动物园的西北，有一带绿杨堤岸，对河有一座水阁，六十年前，住着一个姓叶的寡妇，生有二女，能画能琴，一班惨绿少年在河边驰马坠鞭，忙个不了，都是被那二女吸引来的。寡妇的老父祝听桐，精于七弦琴，曾在上海味莼园中当众奏弄，倒也算得是一门风雅了。

一枝珍重见昙花

　　任何物象，在一霎时间消逝的，文人笔下往往譬之为昙花一现。这些年来，我在苏州园圃里所见到的昙花，是一种像仙人掌模样的植物，就从这手掌般的带刺的茎上开出花来，开花的季节，是在农历六七月间，开花的时期，是在晚上七八时间。花作白色，状如喇叭，发出浓烈的香气，花愈开愈大，香气也愈发愈浓，从七八时开起，到明晨二三时才萎缩，花却并不掉落。它产在热带地区，所以入冬怕冷，非在温室中过冬不可。吾园也有盆栽昙花好多株，内一株高四尺许，去夏先后开了九朵花，花白如雪，香满一堂，可是去冬严寒，它和其余的几株全都冻死了。

我对于这一种昙花，始终怀疑着，以为它是属于仙人掌一类的多肉植物，并非昙花，因为我另有一大盆仙人球，去夏也开了一朵花，花形花色花香以及开放的时期，竟和所谓昙花一模一样。记得二十余年前，我在上海新新公司见过几株昙花，似乎是作浅灰色的，由开放到萎缩，不过二十分钟，这才与昙花一现之说，较为接近。而现在所见的却能延长到七八小时之久，怎能说是昙花一现呢？

昙花一现之说，源出佛经，《法华经》云："佛告舍利佛，如是妙法，如优昙钵华，时一现耳。"优昙钵华亦称优昙花，据说是属于无花果类，喜马拉雅山麓和德干高原锡兰等处都有出产，树身高达丈余，叶尖，长四五寸，叶有两种，有的粗糙，有的平滑。花隐蔽在凹陷的花托中，雌花与雄花不同，花托大如拳，或如拇指，十余指聚在一起。至于花作何色，有无香气，却未见记载。

又据夏旦《药圃同春》载："昙花，色红，子堪串珠，微香。"看了这些记载，就足见我们现在所见的昙花，是仙人掌花而不是昙花了。

《群芳谱》中虽罗列着万紫千红，而于昙花却不着一字。古人的诗文中，我也没有见过歌咏或描写昙花的。偶于清初钱尚濠《买愁集》中见有一则："吉水东山修禅师，讲义精邃，一日有逊秀才来谒，玄谈雪娓，题咏轩轾，盖山猿听讲，日久得悟者也。"下有逊秀才诗十首，中《赠僧》一首云："一瓶一钵一袈裟，几卷楞严到处家。坐稳蒲团忘出定，满身香雪坠昙华。"这所谓昙华，分明与梅花相似，而不是现在所见的昙花了。叶誉虎前辈《遐庵诗集》中，有《赵叔雍家昙花开以一枝见赠》云："黄泉碧落人何在？玉宇琼楼梦已遐。谁分画帘微雨际，一枝珍重见昙花。"又《昙花再开感赋》云："刹那几度见开残，光景旋销足咏叹。谁信春回容汝惜，一生醒眼过邯郸。"这两首诗中所咏的昙花，不知又作何状？

寄畅园剪影

　　无锡的园林，如荣氏的梅园和锦园，杨氏的鼋头渚，王氏的蠡园，陈氏的渔庄等，全是崭新的，唯一的古园要算寄畅园了。园在惠山寺左，明代正德年间，秦端敏公金置，引洞泉作池，声若风雨，前后二百余年，虽屡次易主，却并未易姓，仍为秦氏后人所有。清代顺治年间，翰林秦松龄（留仙）主此园，与当代名流吴梅村、姜西溟、严荪友等时常赋诗唱和，梅村曾有《秦留仙寄畅园三咏》之作,《山池塔影》云:"黛色常疑雨,溪堂正早秋。乱山来众响,倒影漾中流。似有一帆至,何因半塔留。眼前通妙理,斜日在峰头。"《惠井支泉》云:"石断源何处?涓涓树底生。遇风流乍急,入夜响尤清。枕可穿云听,茶频带月烹。只因愁水递,到此暂逃名。"《宛转桥》云:"斜月挂银河,虹桥乐事多。花歌当曲槛,石碍折层波。客子沉吟去,佳人窈窕过。玉箫知此意,宛转采莲歌。"此外又有一般词客,在园中集会填词,陈其年曾有《秦对岩携具寄畅园》举填词第三集一词,调寄《醉乡春》云:"银甲闹时偏悄,绿水昏时胜晓。双鬟枕,百壶娇,好景世间都少。 人对烛花微笑,袖向蓣风轻扫。玉山倒,脸波横,酒痕一点红窝小。"当时园中光景,读了这些诗词,可见一斑。

二十余年前,我与天虚我生陈栩园丈初游寄畅园,就有好感。但见一株株的古树参天,老翠欲滴,园心有池一泓,种着莲花,红裳翠盖间,游鱼可数。我们坐在知鱼槛阑干边啜茗,大吃四角菱,津津有味。对岸沿池有二古树,同根相连,枝叶四布,好似张了一个油碧的天幕。栩园丈说:"这就是连理树。我往年咏之以诗,曾有'四百年前连理树，夜游应忆旧红妆'之句。因为我看了这一株有情的树，就不知不觉地想起林黛玉、崔莺莺一类的多情女子来了。"诗人们的心，往往会想入非非的。池的一隅，有一株很粗的紫藤，绕在古树上，像龙一般蜿蜒地盘上去，大约也有数百年的高寿了。

今春无锡市钱锺汉副市长来苏相访时，我曾对他说："寄畅园是无锡唯一的古园，整修时必须特别郑重，非保持它固有的风格不可。"这一次我到了园中，见那一株连理树矫健如故，那一株老紫藤也依然无恙，那一块美人石也仍在原处，石身苗条，真像一位林黛玉型的美人一样，可是被一株紫藤蒙络着，几乎瞧不出那窈窕的腰身了，还该好好地修剪一下才是。我们建议此园最好回复它的旧面目，可将新堆的假山和圆洞门全部拆除，把蓉湖公园中搁在地上投闲置散的几块大型旧湖石搬运过来，再尽力搜罗一些较小的湖石，请名手重行布置，才不负这无锡唯一的古园。

紫薇长放半年花

　　"似痴如醉弱还佳，露压风欺分外斜。谁道花无红百日，紫薇长放半年花。"这是宋代杨万里咏紫薇花的诗，因它从农历五月间开始着花，持续到九月，约有半年之久，所以它又有一个百日红的别名。

　　紫薇是落叶亚乔木，高一二丈，也有达三四丈的。树干光滑无皮，北方人称之为猴刺脱树，就是说猴子也爬不上的。要是用指爪去搔树身时，树叶会微微颤动，好像也有感觉而怕痒似的，所以它又有怕痒树之称。叶片对生，绿色而有光泽，每一枝着花数颖，每一颖开花七八朵或十余朵不等。花未放时，苞如青豆，花瓣的构造很特别，多襞皱，每朵好似一个小小的轮子，作紫色，另有红白二色，称红薇白薇，又有紫中带浅蓝色的，名翠薇，不常见。

《广群芳谱》对紫薇评价很高，说它："一枝数颖，一颖数花，每微风至，夭矫颤动，舞燕惊鸿，未足为喻。唐时省中多植此花，取其耐久，且烂漫可爱也。"唐开元元年，改中书省为紫薇省，中书令为紫薇令，就为的省中都种有紫薇花之故。于是诗人们又得了诗料，往往把花与官结合起来，如白乐天云："丝纶阁下文章静，钟鼓楼中刻漏长。独坐黄昏谁是伴？紫薇花对紫薇郎。"杨万里云："晴霞艳艳复檐牙，绛雪霏霏点砌沙。莫管身非香案吏，也移床对紫薇花。"陆放翁云："钟鼓楼前官样花，谁令流落到天涯？少年妄想今除尽，但爱清樽浸晚霞。"官样花三字含有讽刺之意，紫薇不幸，竟戴上了个官的头衔，就觉得它俗而不韵了。

紫薇花因为常被人把它和官牵扯在一起，所以好诗好词绝少，我只爱明代程俱五古一首云："晚花如寒女，不识时世妆。幽然草间秀，红紫相低昂。荣木事已休，重阴闷深苍。尚有紫薇花，亭亭表秋芳。扶疏缀繁柔，无复粉艳光。空庭一飘委，已觉巾裾凉。手中蒲葵箑，虽复未可忘。仰视白日永，凄其感冰霜。"清代陈其年《定风波》词云："一树瞳昽照画梁，莲衣相映斗红妆。才试麻姑纤鸟爪，袅袅。无风娇影自轻扬。 谁凭玉阑干细语？尔汝。檀郎原是紫薇郎。闻道花无红百日，难得。笑他团扇怕秋凉。"上半阕还不差，而下半阕来了个紫薇郎，就感得减色，不如程诗之通体不着一个官字来得好了。

唐代大诗人杜牧之曾作中书省舍人，因被称为紫薇舍人杜紫薇，他曾有《紫薇花》诗一绝："晓迎秋露一枝新，不占园中最上春。桃李无言又何在？向风偏笑艳阳人。"作紫薇郎而诗中一字不提，自不失其为好诗。

紫薇花有大年有小年，去年恰逢大年，我园的一株红薇一株白薇，和七八个老本盆栽，都烂漫着花，如火如荼，朝夕观赏，眼福不浅。盆栽中有红薇一株，枯干作船形，虬枝四张，满开着红花，古媚可爱，我把一个小型的达摩立像放在干上，取达摩渡江之意，别饶奇趣。又有紫薇大本一株，枯干好似顽石，上生青苔，如画师用大青绿设色，更多画意，着花数百朵，全作紫色，真是道地的紫薇了。

轻红擘荔枝

　　荔枝色香味三者兼备，人人爱吃，而闺房乐事，擘荔枝似乎也是一个节目。清代龚定盦有《菩萨蛮》词集前人句云："云鬟堆枕钗横凤，青春酒压杨花梦。翠被夜徒熏，娇郎痴若云。　波痕空映袜，艳净如笼月。明月上春期，轻红擘荔枝。"又苏曼殊《东居杂诗》之一云："兰蕙芬芳总负伊，并肩携手纳凉时。旧厢风月重相忆，十指纤纤擘荔枝。"读了这一词一诗，使我回忆到二十余年前亡妻凤君健在时，一见荔枝上市，总得买了来亲手剥开给我尝新的。那时我有一位文友罗五洲兄，服务香岛邮局，每年仲夏总得寄赠佳种糯米糍一大筐，成为常年老例，我和凤君大快朵颐，而儿女们也都能饱啖一下。对日抗战以后，与罗兄失去联系，久已吃不到糯米糍。今年春暮，我曾吃过二十多枚荔枝，那是早种的三月红、玉荷包之类，并不高妙，更使我苦念糯米糍不置！而送荔枝的好友与擘荔枝的亡妻，更憧憧心头不能去了。

古人吃荔枝，对于天时，环境，人事，都有研究，并不是随随便便的。据宋珏《荔枝谱》所载，有所谓清福三十三事，如开花雨时，结实风时，次第熟，雨初过，挹露摘，护持无偷摘，同好至，晚凉，新月，浴罢，簪茉莉，拈重碧，微醉，科头，箕踞，佳人剥，乳泉浸，蜜浆解，临流，对鹤，楼头，联骑出观名品，尝遍检谱，辨核，贮白瓷盆，悬青筠笼，著白苎，挂帐中，壳堆苔上，膜浮水面，色香味全，隔竹闻香，土人忽送。与清福相反的不如意事，称为黑业，也有暴雨，妒风，偷儿先尝等三十三事，吃荔枝而已，偏偏有这许多花样，也足见文人好事了。

古人吃荔枝，兴高采烈，不但独吃，并有集会结社而吃的。五代刘铧每年于荔枝熟时，设红云宴，大会宾客。明代徐燉，约友好作餐荔会，定名红云社，订有社约，善啖者许入，只限七八人，太多则语喧，荔约二千颗，太少则不饱，会设清酒白饭苦茗，和看核数器而已。谢肇淛有《红云续约》，在初出市时即举行餐荔会，到将罢市时为止，社友都须搜罗名种，与众共之。后来宋珏又结荔社，其社约中有云："夫以希奇灵异之物，而能珍惜之留护之，结以同趣，集以嘉辰，幕以浓阴，浴以冷泉，披以快风，照以凉月，和以重碧，解以寒浆，征以往牒，纪以新词。虽迹混尘壤，而景界仙都；身坐火城，而神游冰谷。"读了这一段文字，可见他们的兴会淋漓，真是荔枝的知己。

关于荔枝的文献，上自齐梁，下至明清，凡诗词歌赋以及谱牒、书翰、散文、杂记等等，无不应有尽有，不知呕却文人多少心血。其以少许胜者，如明马森五言绝云："不逐青阳艳，偏妍朱夏时。摘来红玛瑙，擘破白琉璃。"宋曾几六言绝云："红皱解罗襦处，清香开玉肌时。绣岭堪怜妃子，苎萝不数西施。"明邓元岳七言绝云："金波潋滟碧波妍，一道霞光照眼鲜。何似婕妤初赐浴，玉肌三尺浸寒泉。"宋李芸子《捣练子》词云："红粉里，绛金裳。一卮仙酒艳晨妆。醉温柔，别有乡。清暑殿，偶风凉。鸡头擘破误君王。泣梨花，春梦长。"

记吝人

　　俭，原是人生一种美德，但是倘俭得太过分，不得其当，那就是吝了。友人给我谈起民初一个富翁的故事，十分可笑，简直是个天字第一号的吝人。

　　某富翁，以蹉业起家，积资千万，住在繁华奢靡的上海，却仍是一钱如命，牢守着荷包死不放。平日间布衣一领，淡泊自甘，出外总是坐一辆破包车，马车、汽车一辈子都没有坐过。而他的几位公子，却都是汽车出人，在外面花天酒地，及时行乐，不过全瞒着老子一人罢了。

他老人家在故乡时，有一晚收了账回来，天色很黑，由一个书童，提着灯笼照路。可是这孩子走得太急，那灯笼兀自左右晃动着，他老人家心想照这样子，那一枝蜡烛一定完得很快，那未免太浪费了。一抬头恰见前面有一顶四人轿在那里赶路，轿后挂着两盏灯笼，灯烛荧煌，恰好照着前路。他计上心来，忙唤书童吹熄了烛火，紧跟着那轿子前去，赶了一程，已到家里，谁知那轿子恰也在他家大门前停住了。他以为定是甚么慈善机关募捐来的，于是忙不迭地溜进后门，唤家人出去回说不在家。家人出去一看，便暗暗失笑，回说并没有募捐的人。他老人家大为诧异，追问来的是谁？家人瞒不过，才说是公子回来了。他老人家气愤万分，心想我爱惜一枝蜡烛，舍不得点完，不肖子倒坐着四人大轿，不知道做老子的正在轿后气急败坏地跟随着。一时气极了，便掏个铜子，唤家人去买了些花生和腐干来，唤过他的老妻来道："算了，我们也不用再省钱了，大家索性多吃一些，享享福吧！"用一个铜子，就算享福，也足见其吝的程度了。

　　他老人家有一个媳妇，很能迎合他的意思，平日间穿着破衣服，分外地省吃俭用，有一天他老人家回来得迟了，还没有吃饭，唤厨子做菜上来，一会儿便来了一碗青菜，一碗豆腐，外加一盆炒鸡蛋。那媳妇见了，大发雷霆，唤那厨子上来，打他一个耳括子，说："已经有了青菜、豆腐，还用甚么炒鸡蛋？像这样的浪费，可不要吃穷人家吗？"他老人家听了，暗暗欢喜，以为这媳妇贤极了。却不知她背了他，也正和公子们一样的阔绰，一掷千金，是不算一回事的。

明末遗恨碧血花

日寇大举进犯我国的头几年间，铁蹄尚未侵入上海租界，我因自己所服务的《申报》已复刊，只得从皖南回到上海来。那时稍有人心的人，都感到亡国之痛，苦闷已极！而又无从发泄。阿英钱杏村同志，以魏如晦的笔名，编了一出话剧《碧血花》（后来不知怎的，又改名为《明末遗恨》），演出于璇宫剧院，轰动一时，连演一个多月，天天满座，凡是感到亡国之痛而苦闷得无从发泄的人，都去看一二遍。我也看了两遍，当时百脉偾张，兴奋得不可名状。

剧中女主角葛嫩娘，由唐若青饰演，男主角孙克咸，由施汶饰演，演技的精湛，达到了最高峰，简直使观众的喜怒哀乐，都跟着他们的喜怒哀乐而转移。我曾写了一篇小品文赞颂他们，有云：昔者释迦牟尼作大狮子吼，唤醒众生，今诸君子掬无穷血泪，大声疾呼，其功德正不在释迦牟尼下，恨不能使诸君子化身千万个，搬演千万遍耳。观罢归来，感不绝于予心，爰赋二绝句，分赠孙、葛二先烈云："不负堂堂六尺身，鸳鸯并命作贞臣。孙三今日登仙去，长笑一声泣鬼神。""义胆忠肝出狭斜，只知有国不知家。看伊嚼断丁香舌，万古长开碧血花。"

《碧血花》的故事，阿英是根据明末余淡心《板桥杂记》中的一节写的：葛嫩，字蕊芳。余与桐城孙克咸交最善，克咸名临，负文武才略，倚马千言立就，能开五石弓，善左右射，短小精悍，自号飞将军，欲投笔磨盾，封狼居胥，又别字曰武公。然好狭斜游，纵酒高歌其天性。先昵珠市妓王月，月为势家夺去，抑郁不自聊，与余闲坐李十娘家，十娘盛称葛嫩，才艺无双，即往访之，闯入卧室。值嫩梳头，长发委地，双腕如藕，面色微黄，眉如远山，瞳人点漆，叫声请坐。克咸曰："此温柔乡也，吾老是乡矣！"是夕定情，一月不出，后竟纳之闲房。甲申之变，移家云间，间关入闽，授监中丞杨文聪军事，兵败被执，并缚嫩，主将欲犯之，嫩大骂，嚼舌碎，含血噀其面，将手刃之。克咸见嫩抗节死，乃大笑曰："孙三今日登仙矣！"亦被杀，中丞父子三人，同日殉难。此剧最足使人感动的，就是末了的一幕，唐若青的葛嫩，慷慨激昂，声色俱厉，十足表演出烈女子不屈服不怕死的精神。

我第二次去看时，观众依然满坑满谷，我也依然看得百脉偾张，兴奋得不可名状。社友钱小山兄也在座，当然也大为感动，第二天就填了一阕《貂裘换酒》，咏葛嫩娘，指定要我与同社郑心史兄和他。先前我虽从未填过长调，也勉为其难，尝试一下。小山原唱云："呜咽秦淮水，说当年板桥遗事，烟花北里。却有红颜奇节在，多少须眉愧死。问女伴谁为知己？眼底无双推独步，算怜才、早有湘真李。相见晚，诸名士。　郎君浊世佳公子。误初心、英雄终老，温柔乡里。直与从军浮海去，碧血争辉青史。有几个、从容如是！嚼舌含胡还骂贼，共孙三、一笑登仙矣。千载下，闻风起。"心史和云："凄绝桃花水，恨南朝、不堪重问，江山万里。谁识嫩娘心似铁，不信艰难一死。好说与风尘知己。斫地悲歌余一剑，赋长征、身外无行李。终不负，无双士。　笑他多少良家子。恋年年、春闺一梦，绿杨风里。竟与孙郎同毕命，认取青楼信史。合愧杀、横波如是。谁为红颜埋碧血，看青山、影入秦淮矣。流水急，悲风起。"我的和作是："白下凄清水，镇潺潺似歌似泣，声闻故里。道有青楼楼上女，为国甘拼一死。遇嘉客随成知己。说剑吹箫豪狂甚，愿怜侬、莫当桃和李。方不愧，一佳士。

孙郎自是奇男子。效孤忠、荷戈杀敌，仙霞关里。难得红妆能擐甲，不作樽边侍史。晓大义、端应如是。嚼断丁香寒贼胆，谢人天、我目长瞑矣。魂化鹤，搏云起。"蚓唱蛙鸣，词不成词，只因受了葛嫩娘的感应，总算交了卷了。

吾家的灵芝

古人诗文中对于灵芝的描写，往往带些神仙气，也瞧作一种了不得的东西，但看《说文》说："芝，神草也。"《尔雅》说："芝一岁三华，瑞草。"又云："圣人休祥，有五色神芝，含秀而吐荣。"宋代大诗人陆放翁有《玉隆得丹芝》绝句云："何用金丹九转成，手持芝草已身轻。祥云平地拥笙鹤，便自西山朝玉京。"又《丹芝行》云："剑山峨峨插穹苍，千林万谷墦其阳。大丹九转古所藏，灵芝三秀夜吐光。如火非火森有芒，朝阳欲升尚煌煌。何中劚取换肝肠，往驾素虬朝紫皇。"写得何等堂皇，可知芝之为芝，决不能与闲花野草等量齐观的了。

芝的品种繁多，《神农经》所传五芝，据说红的如珊瑚，白的如截肪，黑的如泽漆，青的如翠羽，黄的如紫金，这就是所谓五色神芝。其他如龙仙芝、青灵芝、金兰芝三种，据说吃了之后，可以寿至千岁；月精芝、萤火芝、万年芝三种，吃了之后，可以寿至万岁。我终觉得古人故神其说，并不可靠，大家姑妄听之好了。

十余年前，之江大学的一位教授，在杭州山里掘得一株灵芝草，认为希世之珍，特地送到上海去公开展览，并且拍了照片，在报纸尽力宣传，曾标价五千万元义卖助学（似是当时的所谓金圆券，尚在比较稳定的时期），其名贵可想。我生平对于花花草草，本有特殊的癖好，难得现在有这神草瑞草展览于海上，合该不远千里而来，观赏一下。可是一则因岁首触拨了悼亡之痛，鼓不起兴致来；二则吾家也有灵芝，正如报端所说质地坚硬，光亮而面有云纹，不过是死的。死的与活的没有多大分别，不看也罢。

吾家灵芝，大大小小一共有好几株，有朋友送的，也有往年在骨董铺里买来的。大的插在古铜瓶里，小的供在石盆子里，既不会坏，又十分古雅，确当得上"案头清供"之称。最好的一株，是十年前苏州一位盆栽专家徐明之先生所珍藏而割爱见赠的，三只灵芝连在一起，而在左角上方，更缀上三只较小的，姿式非常美妙，却是天生而并非人为的。这六个灵芝都面有云纹，作紫红色，背白而光，柄作黑色，好像上过漆一样，其实是天生的，质地极坚，历久不坏。对日抗战期间，我曾带着它一同逃难，后来在上海跑马厅中西莳花会中与其他盆栽并列，曾引起中西士女们的赞赏。平日间我只当它是木菌，并不十分珍视，作为一件普通的陈设，直至看了之江大学那枝灵芝的照片，才知它也是灵芝，所不同的，就是活的与死的罢了。

　　今夏我又得了一株灵芝，据说是一个竹工在玄墓山上工作时掘来的。五芝连结在一起，两芝最大，过于手掌，三芝不整齐地贴在后面，大小不等，五芝都坚硬如石，作紫色，沿边有两条线，色较浅淡，柄黑如漆，有光泽，的是此中俊物。我把它插在一只白端石的双叠形的长方盆里，铺以白砂，配上了一个葫芦，一块横峰的英石，供在紫罗兰盦中，自觉古色古香，非同凡品，朋友们都来欣赏，恋恋不忍去。我不知道这是甚么芝？如果吃了下去，能不能长寿？我倒也不想活到千岁万岁，老而不死，寿比南山，只要活到了一百岁，也就福如东海，心满意足了。呵呵！

　　然而，我却没有勇气吃下这一株五位一体的灵芝。

白话的情词

今人提倡白话文，不遗余力，所有小说和一切小品文字，多已趋重白话，如白香山诗，老妪都解，自是一件挺好的事情。以后，连公文通信等，也全用白话，那更通俗，更容易使人明白了。不过文艺中的白话诗，很少佳作，虽白话诗集，常有出版，可是有的陈义太高，有的带着外国气息，仍然令人不易明白。并且为了不用韵脚，又无从上口讽咏，总觉得不够味儿。这等于将散文拆散，排成长短句罢了。

我曾翻阅古人的诗词，见小词中尽有全用白话，而斐然可诵的，如宋代石孝友《卜算子》云："见也如何暮？别也如何遽？别也应难见也难，后会难凭据。　去也如何去？住也如何住？住也应难去也难，此际难分付。"又《品令》云："困无力，几度偎人，翠鬟红湿。低低问几时么？道不远三五日。　你也自家宁耐，我也自家将息。驀然地烦恼一个病，教一个怎知得？"辛弃疾《寻芳草》云："有得许多泪，更闲却许多鸳被。枕头儿放处，都不是旧家时，怎生睡？　更也没书来，那堪被雁儿调戏！道无书却有书中意，更排个人人字。"又有虽非白话而用极浅显的文字的。如李之仪《卜算子》云："我住长江头，君住长江尾。日日思君不见君，共饮长江水。　此水几时休？此恨几时已？只愿君心似我心，定不负相思意。"每一讽诵，觉得韵味之佳如嚼橄榄，决非现代的白话诗所可企及。

写情的词，自应以情味见长，才有韵致，要是只知堆垛字面，那么好似女子浓抹脂粉，天然妩媚，都给掩盖住了，还有甚么好看？清代的黄仲则《步蟾宫》云：

"一层丁字帘儿底，只绣著花儿不理。别来难道改心肠？便话也有头没尾。　兰膏半灭衾如水，陡省起梦中情事。可怜梦又不分明，怎得个重新做起？"董文友《忆萝月》云："已将身许，敢比风中絮。可奈檀郎疑又虑，末肯信侬言语。　愿将一瓣香烟，花间裣衽告天。若负小窗欢约，来生丑似无盐。"近人词如天虚我生《步蟾宫》云："替卿拭泪扶卿起，到底是怪人怎地？不成为了前言戏，便从此将人不理。　我何敢辩非和是，生受了冤家两字。果然你要抛侬死，敢先向泉台等你。"此等词情味浓郁，而又明白如话，真使人百读不厌。

八一三抗日军兴，我避寇皖南黟县的南屏山时，想起了故乡与故园，苦闷已极！因此以填词自遣，为了觅取题材起见，时常留意左邻右舍的动态。有一次听说邻近有一个青年，因他的女友探亲他去，好久不见回来，他就相思成病，我因仿作白话词，以"相思"为题，调寄《鹊桥仙》云："恨花恨月，怨天怨地，动便绊愁流泪。人言此是病相思，却没个仙方能治。　挂心挂肚，有情有意。要避也终难避。相思味苦似黄连，只苦里还含甜味。"不上几时，那女友回来了，见他们俩偎坐在一起，很亲切的谈话，我因又填了一阕《西地锦》："促坐口脂香逼。把眼波偷瞥。偎肩低问：别来无恙，怎者般清瘦？　莫是相思太切。减许多眠食。愿听侬劝，万千珍重，要时时将息。"有一晚，听得贴邻夫妇口角，各不相下，一会儿声息全无，似乎偃旗息鼓，言归于好了。我揣摩了他们两下里的情景和心理，戏作三阕反目词，调寄《步蟾宫》云："一床分做鸿沟界，只为了三言两话。不成铁打硬心肠，便兀自把人怨怪。　看来少你前生债。我到底心儿未坏。待将决计暂丢开，又无奈时时记挂。""看伊郁郁常含泪，不用说依然呕气。有时偷掷眼波来，才一霎自家回避。　令人束手难为计，直做了妆台奴隶。本来拼与两头眠，怎禁得柔情密意。""几朝甜蜜如情侣。一扳脸便来冷语。莫非天在做黄梅？因此上忽晴忽雨。　分明错订鸳鸯谱。竟仿佛冤家团聚。到头终是好夫妻，又何必相煎太苦？"这是仿黄陈两家的《步蟾宫》而作的，可是东施效西子之颦，未免丑态百出了。

杨贵妃吃荔枝

　　唐代开元年间，四海承平，明皇在位，便以声色自娱，贵妃杨玉环最得他的宠爱，白香山《长恨歌》所谓"后宫佳丽三千人，三千宠爱在一身"。因此她要甚么，就依她甚么，真的是百依百顺。贵妃生于蜀中，爱吃荔枝，一定要新鲜的，于是下旨取涪州荔枝，从子午谷路进入，飞骑传送，历程数千里，到达京师时，色香味都还未变，可知一路传送的速度。

关于杨贵妃所吃的荔枝的来源，言人人殊。《杨妃外传》说贡自南海，杜诗中也说是南海与炎方，而张君房以为贡自忠州，苏东坡却说是涪州，都未肯定，可是《涪州图经》所载与当地人士声称，涪州有妃子园荔枝，即是进贡给贵妃吃的。又据蔡君谟《荔子谱》说："天宝中，妃子尤爱嗜涪州，岁命驿致。"又称："洛阳取于岭南，长安来于巴蜀。"于是后人都深信此说，没有争论了。可是又有人证明其非，据说襄州人鲍防，天宝末举进士，那时明皇恰下诏飞骑递进南海荔枝，以七日七夜到达京师，鲍因作《杂感》诗云："五月荔枝初破颜，朝离象郡夕函关。雁飞不到桂阳岭，马走皆从林邑山。"这就说贵妃所吃的荔枝是从南海去的，涪州之说又不可靠。

《唐史·礼乐志》称明皇临幸骊山时，逢杨贵妃生日，命小部在长生殿张乐，奏新曲上寿，一时还没有名称。恰巧南方进贡荔枝，因此就定名《荔枝香》。天宝中正月十五夜，明皇在常春殿撒闽江红锦荔枝，命宫人争相拾取以为戏，那么这又是贡自闽中的荔枝了。

关于杨贵妃吃荔枝的诗，自以唐杜牧《华清宫》一首最为传诵人口，诗云："长安回望绣成堆，山顶千门次第开。一骑红尘妃子笑，无人知是荔枝来。"最近岭南荔枝有妃子笑一种，即因此定名的。宋曾巩《荔枝》云："玉润冰清不受尘，仙衣裁剪绛纱新。千门万户谁曾得？只有昭阳第一人。"明张燮《荔枝词》云："长生殿上紫烟开，妃子红妆映酒杯。小部新声歌未了，岭南飞骑带香来。"这是咏及《荔枝香》新曲的。

杨贵妃病齿，据说就为了多吃荔枝内热太重之故，宋黄庭坚《题杨贵妃病齿》云："多食侧生，损其左车。"侧生就是指荔枝。又元杨维桢《宫词》云："薰风殿角日初长，南贡新来荔子香。西邸阿环方病齿，金笼分赐雪衣娘。"这是诗中有画，分明是一幅杨妃病齿图了。荔枝生于炎方，多吃确是太热，据说蜜浆可解，或以荔壳浸水饮之亦可。

清代洪昉思的《长生殿》传奇中，有《进果》一出，写贡使的劳苦，和一路上伤害人命、摧残庄稼的种种扰民之举，足见统治阶级的罪恶。《舞盘》一出，就是写明皇在杨贵妃生日寿宴初开进献荔枝，与梨园子弟歌舞祝寿情形，中有【杯底庆长生】［倾杯序］［换头］唱词云："盈筐，佳果香，幸黄封远敕来川广。爱他浓染红

杨贵妃吃荔枝

绡薄，裹晶丸入手清芬，沁齿甘凉。［长生导引］便火枣交梨应让。只合来万岁台前，千秋筵上，伴瑶池阿母进琼浆。"这是杨贵妃的全盛时期，不料后来却有马嵬之变，"六军不发无奈何，蛾眉宛转马前死"，那沁齿甘凉的荔枝，可就永永吃不成了。

红楼琐话

我的心很脆弱，易动情感，所以看了任何哀情的作品，都会淌眼抹泪，像娘儿们一样。往年读《红楼梦》，读到"苦绛珠魂归离恨天，病神瑛泪洒相思地"那一回，心中异样的难受，竟掩卷不愿再读下去了。

看过了大半部《红楼梦》小说，当年也曾看过《红楼梦》电影；我不是批评家，不唱高调；单以情感来说，那么不怕人家笑话，我又照例掉过眼泪的。我很爱潇湘馆的布景，篁竹潇潇，使人起"天寒翠袖薄，日暮倚修竹"之感。我也很爱听周璇所唱的那首《葬花词》，似乎把黛玉心中的哀怨都唱了出来。

这一部电影，以《红楼梦》为名，自是太广泛了一些，因为所演出的只是贾林二人的一段哀史，不如称作《双玉哀史》《还泪记》，或竟直率地称《贾宝玉与林黛玉》，而旁边注明《红楼梦》的一节，那就妥当得多。倘要用《红楼梦》这一个大名字，那么索性浩浩荡荡地来一下，把《鸳鸯剑》《风月宝鉴》《宝蟾送酒》《刘姥姥初进大观园》《王熙凤毒设相思局》等等，一古脑儿包括在内，依原书中情节的先后，依次摄影起来，不过人力物力，也要相当地扩大了。

梅兰芳《黛玉葬花》，我曾瞧过两次，表情细腻，歌喉婉转，自是他生平的力作。当时故词人况蕙风氏倾倒得了不得，特地为他填了两首词捧场，我爱他的那阕《西子妆》："蛾蕊颦深，翠茵蹴浅，暗省韶光迟暮。断无情种不能痴，替消魂、乱红多处。飘零信苦。只逐水、沾泥太误。送春归，费粉娥心眼，低徊香土。　娇随步。著意怜花，又怕花欲妒。莫辞身化作微云，傍落英、已歌犹驻。哀筝似诉。最肠断、红楼前度。恋寒枝，昨梦惊残怨宇。"

我虽不懂大鼓，而白云鹏的《黛玉悲秋》《黛玉焚稿》，倒也去听过的。可是任他唱得怎样缠绵悱恻，我却并不感动，也许因为我是外行的原故吧？

往年女诗人杨令茀女士，曾做过一个大观园的立体模型，有两张八仙桌那么大，曾在上海、苏州公开展览，所有园中亭台楼阁，山水花木，以及各种人物，都制作得十分精细，一丝不苟，而且宝玉、黛玉的面目，也栩栩如生，令人叹为观止！

《红楼梦》有英译本，就直译其名为《The Dream of the Red Chamber》，译者是位精通中国文的英国人，似乎是名 Giles 吧？这倒是一件吃力不讨好的工作。

解放以后，《红楼梦》在文艺上仍保持了它的崇高的地位。俞平伯的《红楼梦研究》，因系根据唯心主义理论，受到了唯物主义者的严正的批判，而贾宝玉与林黛玉也获得了很高的评价，如果双玉真有其人，也该含笑于九泉了。

舞台上常见有各剧种新编的《宝玉与黛玉》的演

出，而以江苏省锡剧团的《红楼梦》为最，由姚澄、沈佩华、王兰英主演，吴白、木夫编剧，因为意义正确，很得好评。苏州弹词作家吴和士前辈，正在替朱雪琴、郭彬卿两艺人编《宝玉与黛玉》弹词，不料尚未脱稿，而苏州市评弹工作团潘伯英、黄异庵已编成了中篇弹词《红楼梦》，分上中下三集，先后在苏沪演出，风靡一时。

我对于林黛玉向有好感，深表同情于她的不幸的遭遇。我虽是一个男子，而我的性情和身世也和她有相似之处。她孤僻，我也孤僻；她早年丧母，我早年丧父；她失意于恋爱、我也失意于恋爱；她工愁善感而惯作悲哀的诗词，我也工愁善感而惯作悲哀的小说。因此当我年青的时侯，朋友们往往称我为小说界的林黛玉，我也直受不辞。

林黛玉自号颦卿，颦又是悲哀的表示，颦与哭是分不开的，所以一部《红楼梦》，一半儿是林黛玉的泪史，说她是在还泪债，一些也不错。我自幼至长，直到五十二岁，为了恋爱，为了国恨，为了家难，也单直构成了一部泪史，也在还我的一笔泪债。记得当年曾有《还泪》两首诗："悲来岂独梦无成，直欲逃禅了此生。

偷活人间缘底事？尚须还泪似馨卿。""学书学剑两难成，愁似江潮日夜生。为有情逋偿未了，年年还泪作馨卿。"可是那个时代女子的心，毕竟是脆弱的，所以林黛玉因受不起悲哀的袭击而死了。我却顽强地抵抗着，终于渡过了一重重难关。恋爱早已告一段落，家难也早就应付过去，而祖国获得了新生，国恨也一笔勾消了。到如今我已还清了泪债，只有欢笑而没有眼泪，只有愉快而没有悲哀。

林黛玉孤芳自赏，落落寡合，她死心塌地地爱着贾宝玉，而不肯赤裸裸地透露出来；她面对着残酷的封建和礼教，孤军作战，坚持着不妥协的精神，与恶劣的黑暗势力相周旋。所以她虽受不起悲哀的袭击，而走上了死亡之路，仍不愧为封建社会中一个勇敢的女斗士。

关于花的恋爱故事

　　金代泰和中，直隶大名府地方，有青年情侣，已订下了白头偕老之约，谁知阻力横生，好事不谐。两人气愤之下，就一同投水殉情。当时家人捞取尸身，没有发见，后来被踏藕的人找到了，面目虽已腐化，而衣服却历历可辨。这一年荷花盛开，红裳翠盖，一水皆香，所开的花，竟全是并蒂，大概是那对情侣的精魂所化吧。

　　大词章家元遗山氏有感于此，填了一首《迈陂塘》

词加以揄扬："问莲根有丝多少，莲心知为谁苦？双花脉脉娇相向，只见旧家儿女。天已许。甚不教、白头生死鸳鸯浦？夕阳无语。算谢客烟中，湘妃江上，未是断肠处。　香奁梦，好在灵芝瑞露。中间俯仰今古。海枯石烂情缘在，幽恨不埋黄土。相思树。流年度无端又被西风误。兰舟少住。怕载酒重来，红衣半落，狼藉卧风雨。"李仁卿氏也倚原调填了一首："为多情和天也老，不应情遽如许。请君试听双蕖怨，方见此情真处。谁点注！香潋滟、银塘对抹胭脂露。藕丝几缕。绊玉骨春心，金沙晓泪，漠漠瑞红吐。　连理树。一样骊山怀古。古今朝暮云雨。六郎夫妇三生梦，幽恨从来间阻，须念取。共鸳鸯翡翠照影长相聚。秋风不住。怅寂寞芳魂，轻烟北渚，凉月又南浦。"

　　清代名臣彭玉麟氏，谥刚直，文事武功，各有成就，并且刚介廉明，正直不阿，可说是当时数一数二的人物。中法之战发生后，他以七十多岁的高年，疏调湘军入粤，把守虎门沿海，准备将他带领的两只炮艇，和法国的铁甲舰拼上一拼，后来虽因清廷急于议和，未成事实，也是见他的爱国精神。可惜他先前做了曾国藩的爪牙，和太平天国为敌，这是他一生的污点。

他少年时爱上了邻女梅仙，曾有嫁娶之约，只因为了自己的前途起见，暂与分手，预备等功成名立之后，回来完婚。谁知梅仙终于被家人所迫，含恨别嫁，以致郁郁而死。刚直知道了这回事，无限伤心，于是专画梅花，以纪念梅仙，并将他的心事，一再寄之题咏，曾有"狂写梅花十万枝"之句。每一幅画上，总钤着"英雄肝胆儿女心肠"和"一生知己是梅花"等印章，也足见他的一片痴情了。

近人李宗邺君曾有《彭刚直恋爱事迹考》一书之作，考证极详，并且编成话剧《梅花梦》，由费穆君导演，搬演于红氍毹上，曾赚了我许多眼泪。后来吾友董天野画师也曾画有梅仙像幅，图中正在瑞雪初霁之际，梅仙倚在梅花树上，作凝思状。他要我题诗，我因为是一向同情于刚直这一段恋史的，就欣然胡诌了两绝句："冷香疏影一重重，画里真真绝代容。赢得彭郎长系恋，个侬不是负情侬。""英雄肝胆彭刚直，跌宕情场见性真。狂写梅花盈十万，一花一蕊尽伊人。"

英国大小说家施各德氏（W. Scott）十九岁时，有一天，在礼拜堂前遇见一个女郎，那时大雨倾盆，她却没有带伞，因此一再踌躇，欲行不得。施氏忙将自己的伞借给她，于是两人就有了感情。女名玛格兰，是约翰贝企士男爵的爱女，从此和施氏做了密友，足足有六年之久，月下花前，常相把晤，渐渐达到了热恋的阶段。可是后来玛格兰迫于父命，嫁了一位爵士的儿子，侯门一入深如海，彼此不再相见。施氏万般伤心，只索借笔尖儿来发泄，他的小说名著《罗洛白》《荷斯托克》两部书中的美人就是影射他的恋人，并以紫罗兰花作为她的象征。

玛格兰嫁后六月，施氏在百无聊赖中，娶了一位法国女子莎绿德沙士娣，虽是琴瑟和谐，但他的心中总还忘不了旧爱，曾赋《紫兰曲》一章歌颂她。十余年前，袁寒云盟兄正在海上作寓公，我们天天在一起切磋文艺，我将诗意告知了他，他欣然地译成汉诗三首："紫兰垂绿荫，参差杨与榛。窈然居幽谷，丽姿空一群。""碧叶间紫芽，迎露轻娇婵。曾见双明眸，流盼独娓娓。""赤日照清露，弹指消无痕。一转秋水波，久忘别泪昏。"他还写了一个立幅赠给我，作行体，字字遒逸，我用紫绫精裱起来，作为紫罗兰盦中的装饰品。

甪直之行

久闻吾苏甪直镇唐塑罗汉像的大名，却因一再蹉跎，从未前去鉴赏，引为遗憾！劳动节前五天，蒙老友吴本澄兄与费怡庵画师见邀，因欣然同往。上午七时，从阊门外万人码头搭船出发，一行七人，都已年过半百，综计共四百十四岁，而逸兴遄飞，过于少壮。船行极稳，真有春水船如天上坐的感觉。过胥门后，水面渐见开阔，水色渐见澄清，青山环绕，如迎如送。我站在船头，饱餐绿水青山的秀色，顿觉扑去了万斛俗尘，不由得喊一声"不亦快哉"了。

　　十时到达甪直镇，找到了附设在保圣寺内的文化站，由唐君陪同我们入寺观光。此寺相传创立于梁代，一说是唐代，宋真宗时重建。大殿也是宋代建筑，原有唐代塑壁和罗汉像十六尊，据说是出于大雕塑家杨惠之手。民初殿堂倒塌，壁像也都有毁坏，民七顾颉刚先生见了塑像，大为赞叹，后又写了文章宣传，引起日本美术权威大村西崖的注意，不远万里而来，在甪直逗留了五天，拍了二十多张照片，他之爱好塑壁，过于塑像，回国后就写了一本《吴郡奇迹塑壁残影》加以考证，他说塑壁上的云石洞窟树木海水等，制作之妙，虽山水名手，也难与比肩。所称塑壁，只剩东壁一堵，有罗汉像四尊，另有五尊是先前拆存的；西壁早已坍塌，只剩碎片若干，真是可惜！民十八由当时的教育部和江苏省政府等拨款修复，于大殿址建古物馆，推蔡元培、马叙伦、叶誉虎、陈万里诸先生主持，由雕塑家江小鹣、滑田友二先生担任整修塑壁塑像，因东西两壁已无从复原，所以归并在北壁，凡是结构形态色泽，都不失其旧，罗汉像位置已不可考，或上或下，只求其俯仰呼应而已。自民十九年秋动工，二十一年秋工成，开幕之日，叶誉虎先生亲往参加，并赋诗记其事，诗云："年来寡所营，万事付休莫。法门勤外护，矢志非有托。甫里唐塑像，神物九鼎若。历劫荡烟灰，随风譬枯箨。我来不自量，辛苦强营度。中遘万迍邅，危途轻岵崿。观成幸有日，茹苦乃成乐。涌现弹指间，华严几楼阁。因思塑造工，历朝颇彰灼。戴颙称圣手，惠之多杰作。元代得刘兰，功堪继疏凿。所惜兵火余，遗制久凋落。杨塑仅此堵，亦几归冥漠。愿力保区区，孤怀殊硌硌。有为固如幻，卫道宁自薄。"叶先生对于这民族遗产的保存，是煞费苦心的。

我们看那塑壁和塑像，因已加上了小方格的玻璃窗，觉得视线有碍，不很畅快。然而看上去古意盎然，的非凡品。据唐君说，这九尊罗汉像，未必出于杨惠之手，就是日本人大村西崖也不置一辞，只在塑壁上着眼。然而考据大殿是宋代的建筑，那么罗汉像出于宋塑，是可以肯定的。我们鉴赏了半小时，才兴辞而出。那个张口狞笑右手上举的罗汉，却给我留下了活生生的印象。

日本的花道

明代袁宏道中郎，喜插瓶花，曾有《瓶史》之作，说得头头是道，可算得是吾国一个插花的专家。陈眉公跋其后云："花寄瓶中，与吾曹相对，既不见摧于老雨甚风，又不受侮于钝汉粗婢，可以驻颜色，保令终，岂古之瓶隐者欤。"中郎之爱瓶花，又可于他的诗中见之，如《戏题黄道元瓶花斋》一诗云："朝看一瓶花，暮看一瓶花。花枝虽浅淡，幸可托贫家。一枝两枝正，三枝四枝斜。宜直不宜曲，斗清不斗奢。傍佛杨枝水，入碗酪奴茶。以此颜君斋，一倍添妍华。"第五句至第八句，就是他插花的诀门，三言两语，要言不繁，可给他的《瓶史》作注脚。

日本人见了《瓶史》，大为钦佩，就将中郎的插花诀门，广为传布，称为宏道流。日本对于插花，当作专门技术，美其名曰花道，与专研吃茶的茶道并重。凡是姑娘们在出嫁之先，必须进新嫁娘学校，学会花道，要是做新嫁娘而不会插花，那就不成话说了。

日本的花道，历史也很悠久，还是开始于江户时代，流派很多，有池坊流、远州流、青山流、未生流、松月堂古流、慈溪流、美笑流、古远州流、古流、千家古流、东山慈照院流、相阿弥流、靖流、竹心流、流源流、庸轩流、一圆流、绍适流、源氏流、春山流、石州流等，这都是他们自己标新立异的派别，而取法于我们中国的，那就是独一无二的宏道流。

文化文政时代，有一位远州流插花的专家，名本松斋一得，他九十九岁时，名画家文晁作画一幅给他祝寿，文学家龟田鹏斋在画上题云："本松斋一得老人，以插花之技鸣于世，从游徒弟遍于关左。今兹年九十九矣，颜色如小儿，实地上之仙也，其徒欲启寿筵以祝之。余闻其名者久矣，因赋一绝以贺其寿焉。老人受其技于信松斋一蝶翁，翁受之远州小堀公四世弟子甘古斋一玉子云。'插花三昧绝尘缘，一小瓶中一百天。此外不知有何乐，是非花圣即花仙。'"时为文政十三年，而这九十九岁老人之上，还有老师、太老师，也足见日本花道传世之久了。

花道各有各派，各有信徒，世世传授，竟有传至六十五世的。即如那位远州流本松斋，也传至十四世。他们著书立说时，都得把这些头衔抬出来，引以为荣。宏道流传自我国明代，所以已传至二十四世，是一位女专家，名望月义耀，这一派的插花似乎参考《瓶史》，大抵是上中下三枝，或则增为五枝，插法较为简单，但也较为自然。有一种叫做池坊立华的，矫揉造作，用足功夫，瞧上去最不自然，据说是在国家举行大典时用的。他们插花的器具，不但用瓶用坛，并用特制的竹器铜器，或瓷制陶制的长方形水盘，甚至有用木槽木桶竹篓竹篮的，而最可笑的，无过于利用我们作扫垃圾用的畚箕了。

他们所用材料，并不限于各种花草，竟不惜工本，把数十年老本的梅树和松柏等也砍断，插在瓶中盘中，供数日的观赏，那未免暴殄天物哩。

田间诗人陆龟蒙

　　我是个贪心不足的人，看了保圣寺中的塑壁塑像，还想看看旁的古迹，因向文化站的唐君探问，还有甚么可以看看的没有？唐君指着寺的右面说："除了那边一个唐贤陆龟蒙先生的坟墓外，没有甚么古迹了。"我听了陆龟蒙的大名，心中一喜，因为我知道他是唐代大诗人之一，与皮日休（袭美）常相唱和，并且给我们苏州的山水名胜常作宣传，今天来谒他的墓，也是应该的。于是跟着唐君前去，先到一个长方形的水阁中，空无一物，也不见有甚么匾额。那建筑并不古旧，大概是二三十年前重修过的。阁下有池一泓，也作长方形，水面上满是浮萍，鲜绿可爱。据唐君说："陆先生爱鸭，经常豢养着数十头鸭子，这池就是他当年的斗鸭池，平日在池边看群鸭拍浮争逐为乐。"他又指那池旁的石槽，说是陆先生就在这里饲鸭的。（但我回家后遍检书籍，却不见他老人家在甪直养鸭的话，不知何所依据？）

水阁后有一方亭，亭中有碑，中央刻着"唐贤甫里先生之墓"八大字；右旁刻有"大清同治五年岁次丙寅长至重修祠墓"字样；左旁刻有"赏戴蓝翎钦加五品衔署元昆新分防县丞升用知县平湖许树椅重立并书"字样。亭后有一黄泥墩，野草丛生，前立一碑，因埋得太深，中央只有"唐贤甫里先生鲁望"八字和半个"陆"字，下面当然还有"公之墓"三字，左旁有"康熙五十一年壬辰三月日系孙"十三字，以下埋在地下，不知道还有甚么字？我在墓前小立了一会，不期而发思古之幽情。

甫里先生是他老人家的别号，曾有《甫里先生传》一作，就是他的自传，据说是"人见其耕于甫里，故云"。甫里是松江上村墟名，而角直也有人称为甫里，不知孰是？他自称性野逸，不受拘束，好读古圣人书，好洁，几格窗卢砚席，剪然无尘埃。性不喜与俗人交，人虽登门，亦不得见。无事时，扁舟出游，只带一束书和茶炉笔床钓具而已。人谓之江湖散人，又自号天随子，先生之为人，也可见一斑了。

最难得的，先生自己有田，自己耕种，人家见他太劳动，说就何必自苦如此？先生答道："尧舜霉瘠，禹胼胝，彼圣人也；吾一布衣，敢不勤乎？"他所作诗文，关于农事的很多，如《放牛歌》《刈获歌》《彼农诗》《祝牛宫辞》《禽暴》《记稻鼠》《耒耜经》《田舍赋》《象耕鸟耘辩》等，都很有意义，与寻常吟风弄月不同，因此我称之为田间诗人。

先生有《自遣诗》三十首，字斟句酌，自是诗人之诗，如："南岸村田手自农，往来横绝半江风。有时不耐轻桡兴，暂欲蓬山访洛公。""甫里先生未白头，酒旗犹可战高楼。长鲸好鲙无因得，乞取艅艎作钓舟。""数尺游丝堕碧空，年年长是惹春风。争知天上无人住，亦有春愁鹤发翁。""强梳蓬鬓整斜冠，片烛光微夜思阑。天意最饶惆怅事，单栖分付与春寒。""一派溪随若下流，春来无处不汀州。漪澜未碧蒲犹短，不见鸳鸯正自由。"诸首，都是千锤百炼之作。又《小雪后书事》云："时候频过小雪天，江南寒色未全偏。枫汀倘忆逢人别，麦陇惟应欠雉眠。更拟结茅临水次，偶因行乐到村前。邻翁意绪相安慰，多说明年是稔年。"写出农家心事，这就是田间诗人的本色了。

花木的神话

我性爱花木，终年为花木颠倒，为花木服务。服务之暇，还要向故纸堆中找寻有关花木的文献，偶有所得，便晨钞暝写，积累起来，作为枕中秘笈。曾于旧籍中发现许多花木的神话，虽是无稽之谈，却也可以作为爱好花木者的谈助。

三代时，安期生于喝醉了酒之后，和酒泼墨洒石上，一朵朵都成桃花。汉代有徐登、赵炳二人，各有仙术，有一天彼此相遇，各献身手，赵能禁止流水不流，徐口中含酒，喷到树上去，都会开出花来。三国时，樊夫人和她的丈夫刘纲，都能使法，各有本领，庭心有桃树二株，夫妇俩各咒其一，两桃树便斗争起来，刘纲所咒的那一株，竟会走到篱外去，好像生了脚一样。

晋代佛图澄初次访石勒时，石知道他有道术，请他一试。佛取一钵盛了水，烧香念咒，不多一会，钵中生青莲花，鲜艳夺目。唐代元和中，有书生苏昌远住在苏州，邻近有小庄，距离官道约十里，中有池塘，莲花盛开。一天，他在池边看莲，忽见一个红脸素服的女郎，貌美如花，迎面而来。苏一见倾心，就和她逗搭起来，女郎并不拒绝，表示好感。从此他们俩常到庄中来幽会，苏赠以玉环，亲自给她结在身上，十分殷勤。有一天，苏见阑槛前有一朵白莲花开了，似乎特别的动目，他低下头去抚弄一下，却见花房中有一件东西，就是他所赠的那只玉环。大惊之下，忙把那白莲花拗断，从此女郎也绝迹不来了。又唐代冀国夫人任氏女，少时信奉释教，一天，有僧人拿法衣来请她洗涤，女很高兴地在溪边洗着，每漂一次，就有一朵莲花应手而出。女于惊异之余，忙回头看那僧人，却已不知所往，因给这条溪起了个名字，叫做浣花溪。

唐上都安业坊唐昌观，旧有玉兰多株，在开花的时节，好似瑶林琼树一样。元和中，春光正好，赏花的人们纷至沓来，车马络绎。有一天，忽有一位十七八岁的女郎，身穿绣花的绿衣，骑着马到来，梳双鬟，并无首饰，而美貌出众。后有二女尼和三女仆跟随，女仆都穿黄衣，也生得很美。女郎下马后，将白角扇遮面，直到玉兰花下，一时异香四散，闻于数十步外。附近的群众都以为是皇家宫眷，不敢走近去看。那女郎在花下立了好久，命女仆取花数十枝而出。一时烟雾蒙蒙，鹤鸣九天，上马之后，就有轻风拂起了尘埃。少停尘灭，大家见那女郎们已在半天之上，方知是神仙下凡，这一带余香不散，足有一个多月之久。

润州鹤林寺，有杜鹃花高一丈余，相传五代正元中有僧人从天台山移植而来，用钵盂药养它的根，种在寺中。曾有人见两位红裳艳妆的女郎游于花下，倏忽不见，疑是花神。周宝镇守浙西时，有一天对道人殷七七说："鹤林的杜鹃花，天下所无，听说道人能使花不照时令开放，现在重阳将近，可能使杜鹃开花么？"七七便到寺中去，当夜那两位女郎就对他说："我们替上帝司此花，现在且给道长开放一下，可是它不久就要回到阆苑去了。"到了重阳那天，杜鹃花果然开得烂漫如春。周宝等欣赏了整整一天，花就不见了。后来鹤林寺毁于兵火，花也遭劫，料想就如二女郎所说的回到阆苑去了。

寒云忆语

袁寒云盟兄逝世以来，已二十余年了。当他逝世十六周年时，因八月三十一日是他的冥诞，他的门弟子等，特在上海净土庵讽经追荐，只因我在吴中，未得通知，不曾前去致祭，真觉愧对故人！记得民四年间寒兄为了反对他父亲称帝，曾做了一首诗规谏，以《分明》为题："乍着微棉强自胜，阴晴向晚未分明。南回寒雁淹孤月，（兄曾南游一次）东去骄风黯九城。（指日本交涉）

驹隙留身争一瞬，蛩声催梦欲三更。绝怜高处多风雨，莫到琼楼最上层。"末二句就隐隐说皇帝是做不得的。当时国会议员孙伯兰就根据了这首诗，宣言反对，说项城的次子克文，也不赞成帝制，何况他人，终于引起了蔡松坡将军的云南起义，打倒了洪宪。亡友毕倚虹兄，曾说这一首诗，将来在历史中定有位置的，而寒兄之薄皇子而不为，其人格之崇高，也可想而知了。

民九民十年间，寒兄来沪作寓公，我正在聚精会神地编辑后期的《礼拜六》周刊，他就给了我一封信，备加称许，说是愿意和我做一个朋友，从此就订了交，往来极密，凡是文酒之会，总得邀我列席，凡是他所收藏的骨董文玩以及古泉邮票之类，也一一同我摩挲观赏。后来他又爱好了西方的古金币，广事搜罗，每有所得，总以金币上的西字和我研讨，这么二三年，彼此早就交深莫逆了。

后来我又编行了《半月》《紫罗兰》《紫兰花片》诸刊物，寒兄又尽力相助，所用封面题签，都由他一手包办，并且给我写了许多文章，有《洹上私乘》《三十年闻见行录》诸名作，以及其他诗词小品，不胜枚举。他专为我作的诗也有不少，兹录其一二，如《题紫兰花片》云："还罢明珠涕泪垂，紫兰香去未移时。吴淞一剪眉痕在，苦忆苍波照鬓丝。""无限情波暗暗通，紫兰花片尺鱼中。闲愁写入新词调，和泪研硃一例红。"《题紫罗兰神造像》云："神女无端幻紫兰，云軿星佩落江干。空教白石流仙景，十二红楼梦已寒。""当年有愿作鸳鸯，弹指仙凡恨意长。洛水巫山都隐约，微波遥梦已神伤。"《紫罗兰神赞》云："比花长好，比月当圆。香柔梦永，别有情天。右把明珠，左挥涕泪。愿花之神，持欢毋坠。"鱼鱼雅雅，具见他词章上的工力。

后来他回到了津沽，还是常通尺素，并以《江南好》一阕见怀云："鹃声苦，憔悴更谁同？早托寓言传本事，今从小记识游踪。（按时予方游莫干山，有《山中琐记》之作，刊《上海画报》）梦老紫兰丛。"附有一函，说在沪时意气相投，如手如足，愿订为异姓兄弟，请予赞同云云，我感愧之余，立时去书答允了。

民二十一年间，寒兄戒绝嗜好，啸傲京津间，不幸害了羊毛疹，不治去世，我得了噩耗，一恸几绝，只因牵于人事，未能前去一吊，只索北望燕云，临风肠断而已。如今他与世长辞已二十余年了，遗著除了日记外，大都散佚，真是一件憾事！

杨彭年所制的花盆

　　经过了一重重的国难家难，心如槁木，百念灰冷，既勘破了名利关头，也勘破了生死关头。我本来是幻想着一个真善真美的世界的，而现在这世界偏偏如此丑恶，那么活着既无足恋，死了又何足悲？当时我在《新闻报》上发表了一篇提倡火葬的文字，结尾归纳到自己的身后问题，说是要把我的骨灰装在一只平日最爱的杨彭年手制的竹根形紫砂花盆里，倒像是立了遗嘱似的。恰恰被一位七十五岁的前辈先生读到了，就责备我道："你才过五十，如日方中，为甚么如此衰飒，这是万万要不得的。做人总是这么一回事，不如提起兴致来，过一天算一天，千万不要想到死的问题，就是我年逾古稀，还是生趣盎然，从没有给自己身后打算过呢。至于火葬的话，我也并不赞成，与其碎骨扬灰，何妨薄殓薄葬，况且这也是下一代的责任，何必自己操心，且待死了之后，让下一代给你作主吧。"我因前辈先生的规劝，原是一片好意，未便和他老人家争辩，只得唯唯称是。

过了一天，又有一位爱好花木的同志赶到我家里来。他倒并不反对火葬，却要瞧瞧我将来安放骨灰的那只最爱的花盆。对日抗战期间，我住在上海，人家正在投机囤货，忙着发国难财，我却甚么都不囤，只是节衣缩食，向骨董铺子里搜罗宜兴陶质的古花盆，这其间倒也含有些抗日意义的。原来日本人爱好盆栽，而他们自己却做不出好盆，据说先前曾把宜兴蜀山的陶泥装运回去，尽力仿制，而成绩不良，因此专在吾国搜买古盆。凡是如皋、扬州、淮安、泰县各地，都有他们骨董商人的足迹。那边有多许旧家，祖上都是癖爱花木的，而子孙却并不爱花，就把传下来的古盆一起卖给他们，数十年来，几乎都被收买完了。上海的骨董商人投其所好，也往往以古盆卖给日本人，可得善价。我以为这也是吾国国粹之一，自己要种花木，而没有一个好好的古盆，岂不可耻！所以在太平洋战争爆发以前的几年间，我专和日本人竞买，尽我力之所及，不肯退让，在广东路的两个骨董市场中，倒也薄负微名。我每到那里，他们就纷纷把古盆向我兜揽，一连几年，大大小小地买了不少，连同战前在苏州买到的，不下百数，蔚为大观。就中有明代的铁砂盆，有清代萧韶明、杨彭年、陈文卿、陈用卿、爱闲老人、钱炳文、陈贯栗、陈文居、子林诸名家的作品，盆底都有他们的钤印，盆质紫砂红砂白砂甚么都有，这就算是我的传家之宝了。

现在那位爱花同志来问我打算把哪一只最爱的花盆安放骨灰，一时倒回答不出来。记得苏州一位创办火葬场的戒老先生说，火葬时倘不穿衣服，约重三磅之谱。而我所最爱的花盆，有很大的，也有很小的，似乎都不相称，末了才想起那只杨彭年手制的竹根形紫砂盆来，不大不小，恰好容纳得下三磅的骨灰。杨氏是乾嘉年间专替陈曼生制砂茶壶的名手，这一个盆子确是他的得意之作，里胎指痕宛然，表面有浮雕的竹节和竹叶，并刻着一首七言律诗，笔致遒逸可喜。我本来对它有偏爱，平日陈列在玻璃橱中，不肯动用，这时拿出来给那位同志仔细观赏。他也觉得给我一个花迷作饰终之用，再合适也没有了。我想将来安放了骨灰之后，还得加以装饰，在盆面上插几枝云朵形的灵芝，再把一块灵璧石作为陪衬，就供在梅屋中那只洛阳出土的人马图案的大汉砖上，日常有鲜花作供，好鸟作伴，断然不会寂寞。到了梅花时节，更包围在香雪丛中，香生不断，这真是一个最理想的归宿。要不是火葬，你能把灵柩供在家里么？所成为问题的，却是亡妇凤君已长眠在灵岩下的绣谷公墓中，我的墓穴也预备了，将来要是不去和她同葬一起，她就得永永地孤眠下去，怕要永永抱恨的。唉！活着既有问题，死了还有问题，且待将来再说吧。

　　解放以来，我看到了祖国的奋发有为，突飞猛进，我的心情也顿时一变，由消极变为积极，由悲哀变为愉快。我要好好地活下去，至少要活到一百岁，我要把我一切的力量贡献与祖国，我要看到社会主义新中国的实现，和全国人民熙熙然如登春台，同享幸福。到那时我即使死了，也不必再借那只心爱的花盆来作归宿之所，愿意把我的骨灰撒遍祖国的大地，使膏腴的土壤中开出千百万朵美丽的花来！装点这如锦如绣的大好河山，向我可爱的祖国献礼致敬！

可是"天有不测风云，人有旦夕祸福"，万一我不幸而像老友洪深兄一样害了不治之症，看不到社会主义的实现就撒手人世了，这……这……这怎么办呢？但是想到了祖国有希望，有办法，社会主义终于会来，也就死而无憾。我愉快地先来把南宋爱国大诗人陆放翁先生那首临终的名作改上十个字，以示我的子女：

死去元知万事空，我生幸见九州同。他年大业完成后，家祭毋忘告乃翁。

无言

　　春秋时，楚文王灭息，将息侯的夫人妫掳了回去，以荐枕席，后来生下了堵敖和成王，但她老是不开口，不说话。楚子问她却为何来？她这才答道："我以一妇而事二夫，虽不能死，还有甚么话可说呢？"于是"息妫无言"就成了一个典故。可是天赋人以一张嘴，一条舌，原不是专为吃喝而设，兼作说话之用，人既不能不和社会相接触，也就不得不借说话来表达自己的意思。要是天生是个哑巴，造物之主先已夺去了她说话的权利，倒也罢了；至于说过话的人，而忽然装哑巴不说话，虽有一肚子的话要说而无从说起，这痛苦就可想而知了。息夫人以不说话来表示亡国之痛，对楚国是一种无言的抗议，值得后人同情。过去我们不幸处在一个反动统治的黑暗时代，虽都生了舌，尽可说话，然而说起话来，有种种顾忌，有时说了一无所用，也等于空口白说。所以我在大发牢骚的时候，自愿变做一个哑巴，一辈子不再说话；甚至变做一个瞎子，一辈子不再看报。

中国有一位为了祖国而不言语的息夫人，西方也有一位为了祖国而三十年不言语的匈牙利人福立西林尔，那时匈牙利屈伏于奥地利统治之下，失去了一切自由，林尔愤慨之余，就在一八四八年集合了同志，揭竿起义。只因兵力单薄，终于失败，林尔也做了俘虏，奥人用了酷刑，逼他说出同志匿迹的所在来，以便一网打尽，杜绝后患。林尔自求一死，嚼齿不答。奥人再把他的老母、弱妹和恋人都捉了来，威胁他吐实，谁知依然无效。末后把他这三个亲人当着他的面处死，他还是不屈不挠地不发一言。奥人不忍杀害这位爱国英雄，处以无期徒刑。林尔在狱中幽囚了三十年，从没有说过一句话，以至于死。英国诗人南士弼氏曾有《不语行》一诗咏其事，赞叹不置。

西方既有一位三十年不言语的爱国家，却又有一位四十九年不言语的痴情人，那是十九世纪时英国甘莱郡中的青年威廉夏柏。威廉爱上了一个邻近的农家女，此女也深深地爱着他，早就以身相许，无奈她的父亲是个老顽固，从中作梗，她又不忍告知爱人，偷偷地竟把结婚的吉期也订定了。到了那天，威廉鲜衣华服，欢天喜地地上礼拜堂去，满以为有情人终成眷属了，谁知他的爱人已被她那顽固的老父禁闭了起来，连信也没法儿递一个给他。威廉左等也不来，右等也不来，料知好事已变了卦，垂头丧气地回到家里，从此万念俱灰，离群独处，一连四十九年，从没有和人说过话，到七十九岁才死，也并没有一句遗言，真的是伤心极了。

共产党先烈中，北有刘胡兰，南有王孝和，不幸落入了敌人之手，天天被毒刑迫害着，要她们说出同党的名姓来，她们却斩钉截铁，始终无言，宁可贡献出她们宝贵的生命。

无言无言，伟大无言！

附　录

盆栽概述

盆栽和盆景的史实

盆栽和盆景大约起始于唐代。唐人冯贽《记事珠》云："王维以黄瓷斗贮兰蕙，养以绮石，累年弥盛。"这与近代用清泉和石子养水仙，似是同一方法。

到了宋代，有以奇石配景作为清供的。据宋人赵希鹘所作《洞天清录》中的"怪石辨"有云：

> 可登几案观玩，亦奇物也；色润者固甚可爱，枯燥者不足贵也。道州石亦起峰可爱，川石奇耸，高大可喜；然人力雕刻后，置急水中春撞之，纳之花槛中，或用烟熏，或染之色，亦能微黑，有光，宜作假山。

今人作水石盆景，大同小异，不用烟熏或染色，而使其生苔，绿油油的，仿佛画中的青绿山水，这是略采古法而灵活运用的，当然是更进一步了。

到了元代，有高僧韫上人，作盆栽景物，取法自然，饶有画意，称为"些子景"。降及明代，关于盆栽和盆景的记载，更斑斑可考。如文震亭所作《长物志》中《盆玩》篇有云：

> 盆玩时尚以列几案间者为第一，列庭榭中者次之，余持论则反是。最古者以天目松为第一，高不过二尺，短不过尺许，其本如臂，其针若簇，结

为马远之欹斜诘曲、郭熙之露顶张拳、刘松年之偃亚层叠、盛子昭之拖曳轩翥等状，栽以佳器，槎牙可观。

像这种可与古代诸大画家笔下的古树作比的盆栽，自是个中无上上品。又云：

> 又有古梅，苍藓鳞皴，苔须垂满，含花吐叶，历久不败者，亦古。又有枸杞及水冬青、野榆、桧、柏之属，根若龙蛇，不露束缚锯截痕者，俱高品也。

这与我们现在对于盆栽的看法，完全相同。又屠隆所作《考槃余事》有云：

> 盆景以几案可置者为佳，最古雅者，如天目之松，高可盈尺，本大如臂，针毛短簇。结对双本者，似入松林深处，令人六月忘暑。如闽中石梅，乃天生奇质，从石本发枝，且自露其根。如水竹，

亦产闽中，高五六寸许，极则盈尺，细叶老干，潇疏可人。盆植数竿，便生渭川之想。此三友者，盆几之高品也。

他与文氏一样，都是天目松的信徒，不过一个是说盆栽，一个是说盆景罢了。

清初顺治、康熙、雍正时期，玩盆栽、盆景的风气，盛极一时，诗人词客往往加以品题。诗如盛枫《古风》云：

木性本条达，山翁乃多事。三春截附枝，屈作回蟠势。蜿蜒蛟龙形，扶疏岩壑意。小萼试娇红，清阴播苍翠。携出白云来，朱门特珍异。售之以兼金，闲庭巧位置。叠石增磊砢，铺苔蔚鳞次。嘉招来上客，宴赏共嬉戏。讵知荄干薄，未久倏憔悴。始信矫揉力，托根非其地。供人耳目玩，终惭栋梁器。芸生各因依，长养视所寄。赋质谅亦齐，岂乏干霄志。遭逢既错误，培复从其类。试看千寻松，直干无柔媚。

这一位诗人，分明是不喜欢盆栽的，因其不能经久之故。其实培养得法，尽可久供观赏；培养不得其法，当然要"未久倏憔悴"了。词如李符《小重山》云：

> 红架方瓷花镂边。绿松刚半尺，数株攒。劚云根取石如拳。沉泥上，点缀郭熙山。　移近小阑干。剪苔铺翠晕，护霜寒。莲筒喷雨算飞泉。添香霭，借与玉炉烟。

又龚翔麟《小重山》云：

> 三尺宣州白狭盆。吴人偏不把，种兰荪。钗松拳石叠成村。茶烟里，浑似冷云昏。　丘壑望中存。依然溪曲折，护柴门。秋霖长为洗苔痕，丹青叟，见也定销魂。

这两阕词，都是咏的盆栽小松，而又有拳石点缀，并且是很有丘壑的，分明是两盆特出的高品，所以老画师一见之下，也要销魂了。

清代康熙年间，有一位别号西湖花隐翁的园艺家陈淏子，对于园艺颇有经验，著有《花镜》一书，要算是旧籍中一部比较完备的种花书。他的种植方法因为时代关系，虽有许多是不科学的，然而也有不少可取之处，足供参考。书中有《种盆取景法》一节，就是说的盆栽和盆景，有云：

> 近日吴下出一种，仿云林山树画意，用长大白石盆，或紫砂宜兴盆，将最小柏、桧或枫、榆、六月雪或虎刺、黄杨、梅桩等，择取十余株，细视其体态，参差高下，倚山靠石而栽之，或用昆山白石，或用广东英石，随意叠成山林佳景，置数盆于高轩书室之前，诚雅人清供也。

这是专指盆景而言，采取倪云林画意，和我们现在制作盆景的方法，一般无二，可说是取法乎上的。

清代光绪年间，苏州有盆栽专家胡焕章，曾将山中老而不枯的梅树，截取根部的一段，移作盆栽，随用刀凿雕琢树身，变作枯干，路缀苔藓，苍古可喜，枝条大半删去，有只留二三枝的，也听其自然发展，不加束缚。这就与龚定盦《病梅馆记》中所说的病梅截然不同。我藏有他的盆梅摄影三十二幅，确有不少佳品，可供观摩。前四年间，友人顾公硕兄，将他父亲鹤逸老画师遗下来的一株盆栽绿萼老梅移赠于我，树干很像一头鹤，枝条伸展时，恰似鼓翼而舞，我因取所藏明代陈眉公画梅题句"一只瘦鹤舞"意，定名"鹤舞"。四年来这一株老梅依然年年着花茂美，老而益健。据说它的枯干，也是由鹤逸翁当年亲自雕琢而成，因为积年累月，已在五十年以上，早就浑朴自然，没有斧凿痕了。

盆栽和盆景、盆植的区别

古人对于盆栽、盆景，混淆不分，凡是栽种在盆子里的，一概称之为盆景。如旧籍《五石瓠》云：

今人以盆盎间树石为玩，长者屈而短之，大者削而约之，或肤寸而结果实，或咫尺而蓄虫鱼，概称盆景，元人谓之些子景。"

到了近代，才由精于此道的园艺家给划分了开来，盆栽是盆栽，盆景是盆景，并且还有盆植。日本的园艺家也是如此，分得很严，绝不混为一谈。可是吾国一般人对于盆栽之称还不习惯，口头仍称盆景，见了盆栽老树，便称为树桩或老桩头。

怎样称为盆栽呢？就是用一种美术的方法，抑制它生长而栽在盆里的树木。换句话说，盆栽的树木，经过了艺术的处理，加工剪裁，调整树形，使它具有老树的苍古的风格，这样才可称之为盆栽。

怎样称为盆景呢？这可以说是比盆栽更进一步的艺术品。因为盆栽只求所栽树木形态的古雅，或配上一二拳石或石笋就行，而制作盆景却比较细致。以绘图作比，等于画一幅山水或园林，又等于把山水胜景，缩小了放在一个盆子里。农村渔庄也可以用作绝妙题材，并可在配置的人物上，设法将劳动生产的情况表现出来。凡是盆景里的山岩、坡滩、岛屿、假山等等，都用安徽沙积石或广东英石来作适当的布置。人如渔、樵、耕、读，物如寺、塔、亭、台、楼、阁、桥、船、水车等等，都以广东石湾的出品最为精致。树木以叶片细小为必要条件，否则与全景不称。人与物配置的远近，也都要有一定的比例。因此凡是制作盆景的高手，必须胸有丘壑，腹有诗书，才能产生一盆富有诗情画意的高品。如果有这么一盆高雅幽逸的盆景，供在净几之上，朝夕观赏，不知不觉地把一切烦虑完全忘却，仿佛置身在一角小天地间，作神游，作卧游，胸襟为之一畅。

怎样称为盆植呢？盆植就是上盆的植物。吾国玩盆栽、盆景的人，究竟是极少数的，极大多数也是玩的盆植。盆植的好处，正所谓百花齐放，推陈出新，可以用接木播种等方法，获得年年育成的新种。譬如像菊花、月季花等等，根本没有甚么枯干老干的，而万紫千红，一样可供欣赏。所以盆植应该与盆栽、盆景并行不悖，等量齐观，决不可重视了盆栽、盆景，就轻视了盆植。

盆栽的美

盆栽的美，究竟在哪里？怎样去欣赏？这的确不是不知盆栽美的人所能明了的。然而盆栽美是抽象的，不很容易用笔墨来描写，必须亲自去体验，朝夕地赏玩，才会觉得。现在且把盆栽的美概要列述如下：

（一）形态的美

（甲）树木的姿态。一切的树木，都有它固有的姿态。所以把它移栽到盆中，加以适当的剪裁，仍应维持原状，不过是把形体缩小罢了，这样仍可显出它本来的美。

（乙）树干的屈曲。干本挺直的，栽到盆中，仍应挺直；分歧屈曲的，仍当使之屈曲才是。屈曲的形式不一，或呈波浪形，或作蛇形，或先俯而后仰，或先仰而后俯，依各人所好而决定。

（丙）树干的裂纹。树木在年幼时，干多光滑，年稍老，便起龟裂。裂纹有纵的，也有横的。愈是大而无当的古树，树干愈是苍老，愈是无法容纳在狭小的盆里，就是能容纳得下，也没有栽活的希望。所以只得把比较矮小的花木，移栽到盆中。可惜树干都没有老态，毫无古意，惟有人工雕琢一法，使干古老。不过雕琢的手法，巧妙大有不同，如果没有能力，还是不动为妙。

（丁）枝叶的疏密。枝叶的疏密，也因种类而异。

枝叶若是阔大的，那么栽在盆中，宜加修剪，使成稀疏的状态，才有雅致（常人总以稠密为佳，实在是不知其中的雅趣）；若是枝叶狭小的，修剪也不必过分才是。

（戊）根蔓的隆起。树木的年龄过久，根蔓便隆起地面，蟠曲如龙蛇，形态奇妙，很有美的意味，盆栽也应如此。

（二）色彩的美

（甲）树冠的色彩。树冠的色彩大可支配全株的色彩。一般的树木，除冬季落叶时色彩稍异外，大都是绿叶蔽满全株，所以树冠的色彩，也受叶色的支配。但因种种关系，树叶的色彩便受影响。凡叶薄透光的，便呈黄绿色；叶经光线直射的，便显绿色。有时作深绿色，有时现淡绿色。这是因为光线的关系。所以树冠的色彩，无时无刻不在变化中。有心人如果细细加以观察，自能心领神会。

（乙）叶片的色彩。叶片薄的，呈黄绿色；质厚的，呈浓绿色；有毛茸的，色彩便很特殊；叶面有革质的，便发出闪闪的光泽；如叶带有色彩的叶柄，色调比没有叶柄的悦目得多，便显出赤色或赤褐色来。

（丙）枝干的色彩。枝干稚嫩的时候，都现绿色；

年老一些的，树皮常剥落，而起龟裂，色泽便有变化。枝干的色泽常因树而异：有的灰白色，如白皮松；淡绿色，如槐；淡灰褐色，如银杏；茶褐色，如紫薇；青翠色，如翠竹。但它的色彩等叶稀后，更为显著，所以上盆时，要在可能范围中，把它的干色显露出来才是。

（丁）花果的色彩。树木在盆中培养得法，没有不开花结子的。当花开时节，满树皆花，五色缤纷，好似披锦，灿烂夺目，耐人赏玩。花后结子，色泽明媚，杂缀枝头。若系果实，摘取一二入口啖之，味甘如蜜，大快朵颐。

（三）天籁的美

（甲）枝条的颤动。树枝的颤动，足以表示树体的美态，如杨柳依依，白杨萧萧，都是形容它的美。因了枝动，叶也飘拂，色彩便随之而起变化。

（乙）叶片的发声。叶片因枝动而动，相互摩擦，便发出叶声。所以松树的梢，谡谡如波涛，乃有松涛的雅名；白杨的叶，簌簌有声，故有响叶的美称。

（四）季节变化的美

（甲）各部形态的变动。当大地回春的时候，万木苏醒，萌发新芽，由芽而叶，由叶而枝，枝间发花，花后结子，变化不尽，其味无穷。

（乙）叶片色彩的转换。春时嫩绿，夏令浓绿，秋季赭红，入冬焦黄，一年之间变化不同。就是同一种树木，在同一季节中，也因树龄而有异，美的价值可更形增高。

（五）年龄变化的美

（甲）各部形态的变动。根干往往随着年龄的增加而起变化。干木挺直的，年深日久后，形成屈曲凹凸的状态，根也日渐隆起，大有苍古的意味。

（乙）各部色彩的变化。叶在稚嫩的时候，色泽较淡；成年后，便变浓绿，质也变成坚硬。枝干的色泽，年龄愈久，色也愈深，而苍苔密布，更现老态。

盆盎的种类

盆盎的种类极多，有几毛钱的泥盆，有几百元的古盆。在培养时期中，宜用泥盆，求其排水便利，对于盆树的生长，较为适宜；而在观赏的时候，须用陶瓷制的盆盎，不过陶瓷盆排水不良，故用土及填塞盆孔的材料，应加以选择。

盆盎以浅口的最为适用，不过悬崖形的花木用土宜多，故须栽在深盆里。盆以我国宜兴制的砂盆最佳，栽了花木，更觉古雅。盆栽除了扦插和播实以外，多不使用木盆，若必须应用，狭长形的盆，也可偶一用之。

盆盎不但在培养上必需，于观赏上也有重大的作用；若配了适当的盆盎，更可显出盆树的美来。

盆栽的用盆，有数十种之多，通常以浅口者最为适用，可以表现出盆树的风趣。兹将盆盎的种类分述于下；

（一）陶盆。即砂盆，有紫砂、红砂、白砂、乌砂、梨皮砂、褐色砂等。

（二）釉盆。有白、黄、蓝、青、红和描花等，有圆形、长方形、六角形等，深浅不一。

（三）瓷盆。有白、紫、青花白地和五彩等，色彩鲜明，若能和盆树相互调和，更有风趣。

（四）水盘。陶质、瓷质、石质都有，盆底没有透水孔，形最浅。石盘以白端石凿成的为上品，陶质上釉的为下品。

这些是盆盎一般的种类，可是它的形式更多，有方形、长方形、袋形、海棠形、六角形、多角形、圆形和椭圆形等。

（五）花几。安置盆栽须有花几。花几种类很多，高低也没有一定，通常以红木做的居多，也有用他种木料和竹料做的。更有一种树根几，用红木、枣木、黄杨木雕琢而成，也有用各种树根做的，最为古雅。花几的配置对于盆栽的美，大有关系，不可不注意。

盆栽的用具

盆栽的用具主要有下列几种：

（一）箱子。可以利用各种空箱来安放培养土和小型用具等杂物。

（二）筛子。预备大中小三种，以金属做的最耐用。大的筛孔三分眼，中号一分眼，小的半分眼，若再备有五分眼的更佳。此外备丝织的筛一只，用来筛去培养土中的微尘。

（三）剪刀。盆栽用的剪刀有好几种，一般有弹簧剪和桑剪，以坚固而锐利的为佳，用来剪除根枝。

（四）锯和小刀。小形的钢锯，用来去除粗枝粗根；小刀作为削平枝干之用。

（五）攀扎用具。用来弯曲枝干，通常用烧过的铜丝，软硬适度，缠绕枝上，可以随心所欲，也有用铅丝的，但易损伤干皮，很不雅观。若不宜用金属丝来攀扎的盆树，可以用桑皮纸包在金属丝的外面使用，如攀扎粗干的时候，可用铁棒和麻皮等；扎缚细枝，可用细金属丝、棕丝或麻线等。

（六）羽毛笔。用来清除盆树上的蛛丝和盆边上的尘土等。

（七）小喷雾器。用以在叶上喷水或撒布杀灭病虫的药液。

（八）喷水壶。盆栽用的喷水壶，可备大小两三只，因每日需用，故宜选购坚固而轻便的水壶。

（九）施肥器。施液肥用的水壶或小型的粪勺等。

（十）竹签和铁丝网。换盆的时候，用竹签剔出根土；或上盆时，用竹签来坚实根间的土粒。用半分眼的铁丝网来代替填没盆底水孔的瓦片，排水可以更觉畅通，不过每次换盆的时候，必须换新的才好。

（十一）杂具。其他像洗清污盆的揩布，驱除害虫的毛笔，揩拭枝叶的海绵，刷清干上污点的刷子等，都是不可不备的用具。

（十二）观赏用具。培养和观赏用的各种大小花盆和花架、搁板等。

（十三）培养土、肥料和药品。平日预备土和砂，另备三四种肥料和盆栽用的药品。

盆栽培养十诀

（一）水分不可断。盆中土究属有限，再经日光的照射和风的吹拂，盆土极易干燥。在炎热的夏季，固然应勤于灌水，就是秋、冬两季干燥期，也须特别注意水分的供给。凡是冬季落叶、发育停顿的盆树，盆土也不可十分干燥，必须保持相当的湿度，这实在是一件很紧要的事。尤其是喜水的石菖蒲和柳杉等盆树，一年之中，更不可缺少水分。

（二）叶上多喷水。有些树木本来野生在云雾弥漫的山野间，习惯于吸收空气中的湿气。若是移植到盆中，环境大大地改变了，对于它们的生长，便觉稍有不利。这时必须在叶上常常喷洒清水，来配合它们的习惯。有几种盆树，如真柏、五叶松、黑松、落叶松、杜鹃、石南、柽柳、杉、柳等，叶上宜多喷清水。

喷水的时候，可以用一只细孔的喷水壶喷洒，最好用喷雾器，这是一种人造雾，更投其所好了。喷洒的清水，必须清洁。倘若水的温度和空气的温度相差过大，可以在喷洒以前，先把水在缸里积储一二小时，等到温度相差不大时喷洒，就可避免冷的刺激。喷水的多少和分量，因树而异。喜水的盆树，在盛夏时，每日可喷三四次。叶上一喷了水，便滴到盆里去，盆土也就湿润了，因此不必在盆里另行灌水，因为叶上滴下的水，已足够它的需要了。

但是有几种盆树，像石榴、榉和榆等，若叶上多喷水，反而使它枝叶徒长，影响到它的姿态，所以都不宜喷水。

（三）排水须便利。盆栽虽须常行灌水，但盆中不可积水。为防止积水起见，必须注意盆土的性质。盆土宜选择排水良好的培养土。但若排水太快，也不相宜，应当设法补救。因此，在栽杜鹃的土中，可以混些干苔屑，这样盆土便有相当的保水力。然而大体上盆土务求排水便利，最为紧要。为了要求排水便利，除了精选盆土外，在盆底孔上须铺三四片碎瓦片，上面盖些粗粒土，水便不致被阻塞。若能用铁丝网代替瓦片，效果更佳。若排水不便，水分郁积盆中而不去，腐根的细菌乘机而起，盆树就烂根而枯死了。有的在培养土里混了很多的砂粒（大若鱼眼，俗称鱼眼砂），或仅用砂来栽植。这种方法，排水极速，若灌水稍一疏忽，反使盆树因水分不足而多干死。所以没有灌水经验的培养者，还是不行为妙。

（四）盆土的研究。土壤是植物养分的来源，它对植物的生长，影响很大。盆土对于盆栽植物的影响，尤其显著，因此对于盆土应加以研究。我们首先应该明了盆树原产地的土质，然后再配制适宜的盆土，这样栽下的盆树，没有不欣欣向荣的。土的种类和配合量不可不注意。配制培养土，最好在空地上掘一大窟窿，将田泥铺满，再将落叶和野草铺在上面，这样一层田泥一层叶和草，堆高起来，并随时浇些粪肥。过了几个月，叶和草腐烂了，与田泥混在一起，又肥又松，就可供给盆栽之用。如果没有空地配制培养土，那么可以买些绍兴或海盐的山泥来用，这种山泥，就是种兰花用的。

（五）施肥的要点。盆栽的培养土中混有豆饼、菜饼、鱼肥、人粪尿或其他的肥料等，这些都是基本的肥料。栽植之后，常施液肥等，这是追补的肥料。

盆栽的肥料，向来都用豆饼、菜饼，但是如果各种盆树都只用这二种肥料，是很不妥当的。要强健根干，须施木灰；要充实花果，宜施骨粉、过磷酸石灰等磷肥。此外如米泔汁、鱼肥、人粪尿等可时常施用。化学肥料，也可以偶一施用。施肥的次数，普通是每隔七天一次。施肥时应该加水数倍，稀释后灌入盆中。

通常除梅雨期外，自春至夏，可以多施豆饼、菜饼的液肥。伏天后，可以减少施用液肥的次数，改用干肥。冬季休眠时，施肥也可中止。不过早春开花的盆树，像木桃、紫藤等，冬季施肥亦无不可。在幼芽活动的时候施肥，最有效力。

（六）施肥后灌水。肥料施过后，就需灌水。有人以为这样肥料就流失了，事实上并不如此，反可促进根部吸收肥料。所以自春至夏，施肥愈多，灌水的次数也愈多。盆中如施有多量的肥料，而缺少水分的供给，盆土会干燥，反使土壤酸性加浓，因而伤害根部，以致枯凋。这种情况，像石榴、杜鹃等最容易发生。因此肥料多施时，同时也应多灌水，这是不可不注意的。

（七）置盆的场所。若盆栽放在丛木树荫的下面，通风既不易，阳光又照射不到，虽然悉心栽培，盆树的发育，终觉不良，病虫害随时发生，以致死亡。所以盆栽必须放在空气通畅、阳光充分的场所。

盆栽最忌枝叶徒长，有碍观瞻。如果在阳光直射的地方培养，一定可以避免。像真柏、梅、黑松、五叶松等，更宜多晒阳光。他如杉、杜鹃、山茶等，除于盛夏之外，也须尽量晒阳光。

风力过强的时候，悬崖式的盆栽常被吹倒，所以在常有强风的地方，必须把它缚住。原生在高山上和海滩边的盆树，如真柏、黑松等，即使有强力的风，也是没有关系的。

廊下庭隅的地方，阳光和空气都不充分，因此树势柔弱，病害常生，虽不枯死，也毫无生气，叶瘦而现黄色，纷纷散落。若是空气阳光都充分，枝叶强健，颜色苍翠，就可以显露出盆栽的美。因此安置盆栽的场所，无论如何须选择阳光直晒和空气充足的地方。若是朝南的庭园，那么放在檐下也无妨；如果前面有树荫的遮蔽，那是不行的。最好在庭园的中央置一便于观赏而又容易管理的盆架。不过在都市中，有空地的很少，因此可以利用晒台来培养盆栽。但是大部分的盆栽都怕西晒的阳光，尤其像枫等，必须设法避免才好。

本来生在高山或寒地的盆树，在夏天宜放在朝北的场所培养，像杉、杜鹃等，在盛夏时应该放在帘棚的半阴半阳处，这样可以使叶色常保翠绿，不致有晒焦的流弊。

刚移植或换盆的盆树，不宜立刻放在阳光下或有风吹的地方，应该先置于无风的半阴地一星期左右，等到它渐渐服盆和发根，再检查它的叶是不是恢复原状，然后再放在阳光下让阳光直晒，这样才妥当。

（八）移植的时期。盆树的移植，都有一定的适当时期，若在不宜移植的时期中移植，盆树很容易枯死。

所以各种盆树的移植时期，实在有加以注意的必要。例如杜鹃有很多细根，移植力很强，除了盛夏和严冬之外，不论甚么季节，都可以换盆，不过通常在早春或开过花之后换盆，最为稳妥。但是要修剪根部或是要从地上掘起上盆的时侯，那么在早春或梅雨期中最好，这不单单指杜鹃而言，凡各种树木要上盆，都宜在早春或梅雨期行之。竹类的移植时期，要算五月或九月最妥。松类是五月。枫类在芽开始生长时移植最容易活。花木类通常在花谢后换盆。不同的树木，有不同的移植时期，这是它的生活习惯和外界环境的条件所决定的。

移植的次数也应该注意，大多数的盆栽，每年换盆一次。但像竹和杉等，每年换盆二次，前者在五月和九月，后者在春季和秋季。也有不喜换盆的盆树，像石南、真柏、黑松、五叶松等。可是盆土终属有限，所以每隔二三年必须换盆一次。

多数盆栽的换盆，一年一次，否则，盆土中的养分渐告缺乏，盆树的生长也受影响。像杜鹃、石榴、杉、竹、榉、梅、木桃、柿、蔷薇、柑橘类等，都需要多量的肥料。如果二年不换盆，那么它们的生长力渐变衰弱，终于花不开，果不结，日渐萎缩，以致枯死。

原来生长在温度较高地带的盆树，如石榴等，不能在秋末至早春换盆，否则必致死亡，这一点要特别注意。

（九）病害和虫害。盆栽常因病虫害的侵袭而夭折，尤其是虫害更为猖獗。害虫中最常见的，要算蚜虫。扑灭害虫的药剂有好几种，如硫酸烟精液、鱼藤精、除虫菊粉、波尔多液等最有效果。

盆栽的培养和其他盆植不同，叶色要常保翠绿，才耐人欣赏，因此施用药剂和肥料时，必须特别留意。不宜施用过浓的肥料或药力过强的药剂。

（十）合理的培养。我们虽用种种方法来抑制盆树的生长，曲折它的枝条，但是盆树的生长，总不能脱离自然的规律。所以在不自然中，应当依它自然生长的规律来培养，这实在是一个很重要的原则。一般人不明了这个道理，一味矫揉造作，以致盆栽枯死。若能明了盆树的本性，小心培植，是不会枯死的。

灌水过多，施肥过量，都能置盆树于死地。若换盆、整枝，剪根不合适，生长也会受影响。

已经扎定的树姿，若嫌不美，强欲更改它的姿态，也可能使它受伤。有的仅知一二，不加细察，而贸然从事，以致失败的也很多。比如听得人家说，梅须经日晒而着花更多，于是将盆梅直接放在强烈的阳光下晒，不多灌水，结果反使盆梅干死。

盆树的形式

盆树的形式变化很多，大体可以分成下列几种：

（一）直干式

（甲）单干式。主干只有一本的，叫做单干式。单干有直立形、扭旋形、曲线形等。例如杉、银杏、榉、柳、黑松、五叶松等。

（乙）双干式。主干有二本的，称为双干式，不过二本主干的长短不宜相等，否则很不美观。例如榆、榉、黑松、梅、枫等。

（丙）多干式。主干有三本或五本以上，干由近根处分歧的，最为自然。主干的本数，以单数为佳，不宜双数。例如五针松、枫、木桃、花木类等。

（二）悬崖式

（甲）大悬崖。主干悬出盆外较长，角度较大，形成这种形态比较困难，可是在观赏上极为为悦目。例如榆、枫、真柏、杜鹃、五叶松、黑松、石榴、佛手、凌霄、紫藤等。

（乙）小悬崖。主干悬出盆外较短，也很美观。例如山茶、紫藤、常春藤等。

（丙）半悬崖。主干仅斜出盆外，不十分向下悬挂的，角度较小，形态千变万化。盆栽最多这种形态，例如真柏、石榴、紫薇、梅、枇杷、松、海棠等。

（三）枝垂式

盆树有枝条太多太长，无法整形的，可将长条一根根屈曲攀扎下来，作为枝垂式，好像垂柳的样子。例如杜松、柽柳、梅、碧桃、迎春、榆叶梅等。

（四）合栽式

好多株同一种类的植物，栽在一盆中，一见就像森林的样子，这叫合栽式。例如黑松、五针松、杉、枫、榆、槭等。

（五）根连式

根部容易萌生不定芽的花木，可以剪除根部不需要的枝芽，只留存要它生长的数株。株数宜单数，远望活像一座森林，很是别致。这种形式的养成，比起合栽式来是困难得多，所需的时期也非数年不可。例如木桃、杜鹃、无花果、棕竹、野樱等。

（六）卧干式

使尺余的主干横卧土中，干上就发芽，只留强枝一本或三五本，再移植到细盆中，卧干也露出土面，犹如江面上的浮筏，一块横木上可生数干，形态也很奇特。例如枫、无花果、雀梅、柏等。

（七）枯梢

松柏等老干的顶上，常有灰白色的枯梢，向上高耸，这种形态的枯梢，日本称为"天神"，其中以真柏的枯梢最多。在古刹枯庙里的老柏，是常见的，不过在盆中，全由人工制成。松柏的顶端，因过于弯折损伤，逐渐枯死，于是在离主干约三寸处切断，剥去枯枝的外皮，把顶端削成圆锥形，形成一段灰白色的枯梢，这样可以补救顶端枯死的遗憾。凡是针叶树的盆栽，如顶上有损伤，都可利用这个方法。

总之，盆栽的树形，变化多端，虽是同一单干的石榴，由于枝干的攀扎、剪枝的方法、摘芽的情况不一样，可以变出种种不同的树形。但是盆栽的树形要能入画，才算上品。如有小枝下垂的"蟹爪"，细枝上翘的"鹿角"，隆出土面的"露根"等，都是天生古木应有的姿态。盆树也应如此。还有枯干的古梅，摩天的银杏，披散的垂柳，绝壁悬崖的苍松，直伸不屈的老杉，这许多天然优美的姿态，都可作为盆栽树形的临本。

在岩隙峭壁间生长的树木，形都矮小，而姿态苍老，是盆栽的好材料。掘得之后，移植盆中，就成上品的盆栽。若再加以人工的剪裁，更可显出它的美来。

盆栽的整形最为困难，好比绘画雕刻，非有充分的艺术眼光不可。所以在平时须多多观摩古今名画，日久之后，自有莫大的帮助。

放置盆栽的地方

（一）放置盆栽的地方

培养盆栽，须选择阳光和空气充足，通风便利，而且工作和观赏都方便的所在，作为放置的地方。

各种盆树对于阳光和通风的需要，各不相同。兹举数例如下：

（甲）爱好强烈的阳光和通风的花木：黑松、真柏、梅等。

（乙）爱好阳光照射的花木：石榴、杉、紫薇等。

（丙）爱好半阴的花木：石南、兰、杜鹃、山茶等。

梅、真柏和杜鹃等盆栽，还可以放在晒台或阳台上去培养，但是像枫、槭等怕阳光西晒的盆树，是必须避免的。石榴等畏寒的盆树，冬季须移进室内，以防冰冻。栗等盆树极易冬枯，所以一到秋季，宜从盆里取出，栽植在朝南的暖地，便可安然过冬。

石南、杜鹃等的叶在阳光充分的处所，灌水稍有疏忽，很易变黄而枯焦。杉、榆也很容易被阳光晒焦。所以在盛夏的一个月左右，应该把盆栽放在半阴地或帘棚下善加保护。

（二）盆架

盆架有立体和平面两种式样。前者造成坛形，式样很美观，但灌水等工作进行起来不大方便；后者像长方形的桌面，形式比较质朴，而在工作时极为方便，所以采用这种式样的，来得普遍。平面的盆架，普通高三尺，阔四尺，长六尺，地方大的，可以将三四座盆架连成一行，这样一行一行地排列起来，上面可以安置许多盆栽。盆架通常是木制的，但是极容易腐烂，所以近来改用水泥制的，比较坚固耐用。安置悬崖形的盆栽，可以打一木桩，桩上架板，便可把盆扎在架上。这样即使遇到大风，也没有倾倒的危险。

除了木制的盆架以外，还有用砖头砌成的盆架，高约二三尺，阔三尺，长十二尺，上铺小石子，也可以安置盆栽。这种盆架在工作和观瞻上都还不错，不过不大容易移动。

水石盆景和石附的盆栽，都用浅盆，放在石臼上或枯根上，都很美观。

总之，盆架的式样可以随庭园的地形、工作和观赏的便利来决定。但是必须注意，不要让蚂蚁和蚯蚓爬上盆架，不要使泥水泼溅盆边，不要让水积在盆中，不要放在有大雪的地方。这四点在建造盆架的时候，都应该考虑到。

盆土的种类

盆栽的树木，在有限的土壤中生活着，土壤中必须有丰富的养分来让它吸收，才能枝叶繁茂。所以对于土质，实在有精选的必要。

盆栽的用土，种类很多。普通的田泥很不适用。因为田泥的土粒过小，容易干燥；若灌水过多，又不容易漏去，因此不利于培养盆栽。现在把最主要的土质分述于下：

（一）砂。砂有海砂、河砂和山砂的区别。海砂中含有盐分，而且砂粒过细，不合栽植之用。河砂产在江河上游两岸地方，砂粒较粗。河砂的色泽有红黑两种，红砂不及黑砂。黑砂非但排水便利，并且含有肥分。山砂可作为增进盆栽美观之用。

换盆前，应备有粗、中、细的砂三种。当种植时，盆底先铺粗粒，上铺中粒，再上铺细粒，如此一层层地排列，排水可更方便。这种步骤，不单限于砂，就是其他土粒使用时，也应如此。花卉类的用土加砂较多，盆栽上用砂的量很少，太粗和太细的砂粒，都不很合用。

（二）腐叶土。落叶等腐败以后，便成腐叶土。腐叶土质松而肥富，栽菊很适宜，也合盆栽之用。使用的时侯，常把砂和田泥一并混合栽种。

（三）红土。土色带红，有粘性和不粘性两种，都可使用。红土也应备粗、中、细三种，粒子大小和砂粒相若，施用时常加腐叶土、山土和河泥等。

（四）黑土。黑土是天然的腐叶土，尤其是竹林下的黑土，肥分最富，山野里所产的，也很合用，可以和腐叶土同样施用。

（五）山土。山中阳光不达处的土，称为山土，针叶树的盆栽宜用此土。

（六）田泥。上品的盆栽，都不单独使用田泥，田泥常用作养土调制时的材料。

上列六种土壤，都有缺点，不能算是盆栽理想的泥土，于是产生一种配合土，就是把各种土壤配合而成。另有一种肥沃土，最富肥分，可栽喜肥的盆树。今将配合土和肥沃土调制的方法分述于下：

（一）配合土。田泥一份加黑土三份，充分混和，筛过，加入和田泥等量的人粪尿，调拌均匀，然后堆在不受雨淋的地方。大约经过两个月后，加入烧焦的糠灰和稻草灰。再经两星期，用筛筛过，就可施用。

（二）肥沃土。任何的土壤都可调制。一到冬季，把土筛过，加入大量的人粪尿，充分调拌，暴露于外，任它冰冻风化，然后再注入人粪尿。经过三次的调拌、晒干，装入箱里贮藏，可随时使用。

倘若在城市里，不容易得到黑土等，可以利用花坛中或盆植的土，用粗孔筛筛过，铺在地上撒些豆饼、菜饼粉末和草木灰，充分拌和，经风化后，藏在箱子里，以待使用。这个方法最简便，肥效也很显著。

（该篇附录选自周瘦鹃、周铮著《盆栽趣味》部分内容，
题目为编者自拟）

关于《周瘦鹃自编精品集》

1953 年 3 月由上海出版公司出版的周作人著《鲁迅的故家》里，有一篇《周瘦鹃》的文章，文章不长，全文如下：

关于鲁迅与周瘦鹃的事情，以前曾经有人在报上说及。因为周君所译的《欧美小说译丛》三册，由出版书店送往教育部审定登记，批复甚为赞许，其时鲁迅在社会教育司任科长，这事就是他所办的。批语当初见过，已记不清了，大意对于周君采译英美以外的大陆作家的小说一点最为称赏，只是可惜不多，那时大概是民国六年夏天，《域外小说集》早已失败，不意在此书中看出类似的倾向，当不胜有空谷足音之感吧。鲁迅原来很希望他继续译下去，给新文学增加些力量，不知怎的后来周君不再见有著作出来了，直至文学研究会接编了《小说月报》，翻译欧陆特别是弱小民族作品的风气这才大兴，有许多重要的名著都介绍来到中国，但这已在五六年之后了。鲁迅自己译了很不少，如《小约翰》与《死魂灵》都很费气力，但有两三种作品，为他所最珍重，多年说要想翻译的，如芬兰乞食诗人丕威林太的短篇集，匈牙利革命诗人裴彖飞的唯一小说名叫"绞吏之绳"的，都是德国"勒克兰姆"丛刊本，终于未曾译出，也可以说是他未完的心愿吧（在《域外小说集》后面预告中似登有目录，哪一位有那两册初印本的可以一查）。这两种文学都不是欧语统系，实在太难了，中国如有人想读那些书的，也只好利用德文，英美对于弱小民族的文学不大注意，译本殆不可得。

　　在这篇文章里，周作人很明白地说明了当年周瘦鹃出版《欧美名家短篇小说丛刊》时，鲁迅对这部作品的看重，用"空谷足音"来赞美。不久后，周作人在另一篇文章《鲁迅与清末文坛》里再次提到这个事，说到鲁迅对清末民初上海文坛的印象："不重视乃是事实，虽然个别也有例外，有如周瘦鹃，便相当尊重，因为所译的《欧美小说丛刊》三册中，有一册是专收英美法以外各国的作品的。这书在1917年出版，由中华书局送呈教育部审查注册，发到鲁迅手里去审查，他看了大为惊异。"鲁迅还把书稿"带回会馆来，同我会拟了一条称赞的评语，用部的名义发表了出去。据范烟桥的《中国小说史》中所记，那一册中计收俄国四篇，德国二篇，意大利、荷兰、西班牙、瑞士、丹麦、瑞典、匈牙利、塞尔维亚、芬兰各一篇，这在当时的确是不容易的事了"。周作人在文章里所说的《欧美小说译丛》和《欧美小说丛刊》，就是周瘦鹃那本《欧美名家短篇小说丛刊》的简称。周瘦鹃的这部翻译作品，能受到鲁迅的赞誉，固然和鲁迅、周作人早年翻译的小说不成功有关系，主要的还是鲁迅有一颗公平公正、重视人才的心。确实，勤奋的周瘦鹃，在他二十多岁年纪就取得如此大的成就，配得上鲁迅的称赞。后来，他又把多年翻译的作品，经过整理，于1947年出版了《世界名家短篇小说全集》（全四册）。

周瘦鹃的写作，一出手就确定了他的创作方向，即适合市民大众阶层阅读的通俗文学。他发表的第一篇作品《落花怨》（1911年6月11日出版的《妇女时报》创刊号），就带有浓郁的市井小说的味儿，而同年在著名的《小说月报》上连载的八幕话剧《爱之花》，同样走的是通俗文学的路子，迎合了早期上海市民大众的阅读"口感"，同时也形成了他一生的创作风格。继《爱之花》之后，他的创作成了"井喷"之势，创作、翻译同时并举，许多大小报刊上都有他的作品发表，一时成为上海市民文化阶层的"闻人"，受到几代读者的欢迎。纵观他的小说创作，著名学者范伯群先生给其大致分为"社会讽喻""爱国图强""言情婚姻"和"家庭伦理"四大类。"社会讽喻"类的代表作有《最后之铜元》《血》《十年守寡》《挑夫之肩》《对邻的小楼》《照相馆前的疯人》《烛影摇红》等，"爱国图强"类的代表作有《落花怨》《行再相见》《为国牺牲》《亡国奴家里的燕子》等，"言情婚姻"类的代表作有《真假爱情》《恨不相逢未嫁时》《此恨绵绵无绝期》《千钧一发》《良心》《留声机片》《喜相逢》《两度火车中》《旧恨》《柳色黄》《辛先生的心》等，"家庭伦理"类的代表作有《噫之尾声》《珠珠日记》《试探》《九华帐里》《先父的遗像》《大水中》等。他的这些成就的取得，不仅在大众读者的心目中影响深远，也受到了鲁迅等人的肯定。1936年10月，鲁迅等人号召成立文艺界抗日民族统一战线，周瘦鹃作为通俗文学的代表，也被鲁迅列名参加。周瘦鹃在《一瓣心香拜鲁迅》中还深情地说："抗日战争初起时，鲁迅先生等发起文化工作者联合战线，共御外侮，曾派人来要我签名参加，听说人选极严，而居然垂青于我。鲁迅先生对我的看法的确很好，怎的不使我深深地感激呢？"翻译和创作通俗小说而外，周瘦鹃还创作了大量的散文小品。他的散文小品题材广泛，行文驳杂，有花草树木、园艺盆景、编辑手记、序跋题识、艺界交谊、影评戏评、时评杂感、书信日记等，涉及社会生活的多个方面。此外，周瘦鹃还是一位成就卓著的编辑出版家，前半生参与多家报刊的创刊和编辑工作，著名的有《礼拜六》《紫罗兰》《半月》《紫兰花片》《乐园日报》《良友》《自由谈》《春秋》《上海画报》《紫葡萄画报》等，有的是主编，有的是主持，有的是编辑，有的是特约撰述。据统计，在1925年到1926年的某一段时间内，他同时担任五种杂志的主编，成了名副其实的名编。另外，他还写作了大量的古典诗词，著名的有《记得词》一百首、《无题》前八首和《无题》后八首等。

周瘦鹃一生从事文艺活动，集创、编、译于一身。在创作方面，又以散文成就最大，其中的"花木小品""山水游记""民俗掌故"被范伯群称为"三绝"（见范伯群著《周瘦鹃论》）。而"三绝"之中，尤其对"花木小品"更是情有独钟，不仅写了大量的随笔小品，还成为闻名天下的盆景制作的实践者。据他在文章中透露，早在20世纪20年代末期，他就在苏州王长河头买了一户人家的旧宅，扩展成了一个小型私家园林。从此苏州、上海两地，都成了他的活动基地，在上海编报刊、搞创作，在苏州制作盆栽、盆景。而早年在上海选购花木盆栽的有关书籍时，还曾巧遇过鲁迅。在《悼念鲁迅先生》一文中，他透露说："记得三十余年前的某一个春天，一抹斜阳黄澄澄地照着上海虹口施高塔路（即今之山阴路）口一家日本小书店，照在书店后半间一张矮矮的小圆桌上，照见桌旁藤靠椅上坐着一位须眉漆黑的中年人，他那瘦削的长方脸上，满带着一种刚毅而沉着的神情。他的近旁坐着一个日本人，堆着满面的笑正在说话。这书店是当时颇颇有名的内山书店，那日本人就是店主内山完造，而那位中年人呢，我一瞧就知道正是我所仰慕已久的鲁迅先生。"买有关盆栽的书而邂逅鲁迅先生，周瘦鹃自称是"三生有幸"，而此时，他还不知道鲁迅曾经大加赞赏过他的《欧美名家短篇小说丛刊》。鲁迅也偶尔玩过盆景的，他在散文集《朝花夕拾·小引》里，有这样一段话："广州的天气热得真早，夕阳从西窗射入，逼得人只能勉强穿一件单衣。书桌上的一盆'水横枝'，是我先前没有见过的：就是一段树，只要浸在水中，枝叶便青葱得可爱。看看绿叶，编编旧稿，总算也在做一点事。"这个"水横枝"，就是盆栽，清供之一种，如果当时周瘦鹃能够和鲁迅相认，或许也会讨论一下盆栽制作也未可知啊。

　　1949 年以后，周瘦鹃定居苏州，并自称苏州人，把全部的精力都投入到盆栽、盆景的制作中去，在《花花草草·前记》中，他写道："我是一个特别爱好花草的人，一天二十四小时，除了睡眠七八小时和出席各种会议或动笔写写文章以外，大半的时间，都为了花草而忙着。古诗人曾有'一年无事为花忙'之句，而我却即使有事，也依然要设法分出时间来，为花而忙的。"在忙花忙草忙盆景的同时，他的作品也越写越多，大部分都是和花草树木有关的小品散文，这方面的文章，也是他一生创作的重要部分。1955 年 6 月，他在通俗文艺出版社出版了一本《花前琐记》，首印 10000 册，共收以种花植树盆栽为主的小品随笔 37 篇。1956 年 9 月，在上海文化出版社出版了《花花草草》，收文 35 篇，首印 20000 册。1956 年 12 月，又在江苏人民出版社出版了《花前续记》，收文 38 篇。1958 年 1 月，在江苏人民出版社出版了《花前新记》，收文 40 篇，附录 1 篇，首印 6000 册。1962 年 11 月，在江苏人民出版社出版了《行云集》，收文 19 篇，附录 1 篇，1985 年 1 月第二次印刷时又加印 4000 册。1964 年 3 月，香港上海书局出版了《花弄影集》，1977 年 7 月再版。1995 年 5 月，是周瘦鹃诞辰一百周年，新华出版社出版了周瘦鹃的小女儿周全整理的《姑苏书简》，收文 59 篇，首印 3000 册。该书收录周瘦鹃 1962 年至 1966 年在香港《文汇报》开辟的《姑苏书简》专栏发表的文章，书名由著名民主人士雷洁琼题写，邓伟志、贾植芳分别作了序言，周全女士的文章《我的父亲》一文附在书末。

周瘦鹃一生钟情"紫罗兰"（周吟萍），他们的恋情要从周瘦鹃在民立中学任教时说起：在一次到务本女校观看演出时，周瘦鹃对参与演出的少女周吟萍产生了爱慕之情，在书信往还中，开始热恋。但周吟萍出身大户人家，其父母坚决反对他们的恋爱，加上女方自幼定有婚约，使他们有情人无法成为眷属。周瘦鹃苦苦相恋，使他"一生低首紫罗兰"，并为其写了无数诗词文章，《紫罗兰》《紫兰花片》等杂志、小品集《紫兰芽》《紫兰小谱》和苏州园居"紫兰小筑"、书室"紫罗兰盦"、园中叠石"紫兰台"等，都是这场苦恋的产物。《爱的供状》和《记得词》一百首，更是这场恋情的心血之作。这套8本的《周瘦鹃自编精品集》，依据的就是上述各书的版本。另外，《姑苏书简》和《爱的供状》虽然不是作者生前"自编"，但也出自作者的创作，为统一格式，也权当"自编"论，这是需要向读者说明的。

陈　武

2018 年 5 月 18 日于燕郊